散文集

阿米 著

北方联合出版传媒(集团)股份有限公司

春风文艺出版社

·沈阳·

图书在版编目（CIP）数据

自在欢喜 / 阿米著 . —沈阳 ：春风文艺出版社，
2023.1
　　ISBN 978-7-5313-6362-0

　　Ⅰ．①自… Ⅱ．①阿… Ⅲ．①散文集－中国－当代
Ⅳ．①I267

中国版本图书馆 CIP 数据核字（2022）第 227930 号

北方联合出版传媒（集团）股份有限公司
春风文艺出版社出版发行
沈阳市和平区十一纬路 25 号　　邮编：110003
成都市兴雅致印务有限责任公司印刷

责任编辑：韩　喆　平青立　　　责任校对：陈　杰
装帧设计：四川悟阅文化传播有限公司　幅面尺寸：145mm × 210mm
字　　数：167 千字　　　　　　　印　　张：7.75
版　　次：2023 年 1 月第 1 版　　印　　次：2023 年 1 月第 1 次
书　　号：ISBN 978-7-5313-6362-0　　定　　价：60.00 元

自序

在某个不经意间发现自己居然有了白头发，那一刹那的惊诧让我迟疑了片刻。我第一时间竟不由自主地去拂它，看是不是沾染了灰。我很长时间固执地以为自己依旧是那个眉目舒展、长发飘飘的女孩，虽然经历了一些岁月，本质上却没有变老。所以有人说，每个女人心中都有一个十八岁的自己。

在物资大丰富时代，日子一日一日地丰润，感觉自己已拥有简单生活所需了，可快乐为什么越来越稀少了呢？我们曾经会因为一根棒棒糖、一支冰激凌、一只小狗、天边突然出现的一团火烧云而欢喜；而现在糖还在，狗还在，火依旧时不时地烧着云，我们的欢乐却没有如期如昔。

我怕面目可憎言语无趣，所以总提醒自己要有一些爱好、一种追求、一点审美能力，来对抗世俗的粗糙，理解世事的荒凉。明朝张岱说："人无癖不可与交，以其无深情也；人无疵不可与交，以其无真气也。"人因有癖，才有真性情、真心得。忙时需要一些勇气，闲时需要一些爱好。琴棋书画诗酒花，但凡真有一种，人生再多苦难也有安慰释放之处。

多年来，我喜欢与才子才女们交往，他们各有各的性格，各有各的缺点。因为欣赏，所以学会了包容、忍让。有了学习模仿，我想成为一个更好的人。不仅有温暖饱满，还想要有温和可亲，没有皱纹的外婆是可怕的，但仅仅只有皱纹是不能容忍的，所以我时刻不敢停下脚步，努力读书、写作、运动，努力培养发现美的能力。

我喜欢温情的文字、故事与人。因为这些温暖的感情，让我觉得自己不孤单。当我们经历了些人与事，就不太接受那些大悲大喜、大开大合，只希望能更从容平淡。生活总有意外，但经历是最好的防御。我一如既往，觉得这个世界是好的，生活是美的，人是善良的，自己也是从容的。

感恩这美好的时代，感恩遇见每一个让我成长的你，感恩书中的每一个方块文字。你陪我看过朝阳、赏过落日，陪我欢笑，也陪我长夜痛哭，希望这些文字让你感觉似曾相识。我们总能体味生活中无处不在的喜悦，在清晨的菜市场、在烈日遮荫的树下、在突然吹过一阵风的墙角。

感恩遇见，自在欢喜。

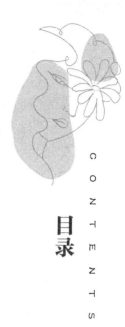

目录

解忧利器，唯有美食

万物滋养，没事找乐

老歌新唱，最爱你的人是我

大江东去，不必回头

解忧利器，唯有美食

吃春

　　谷雨将至，正是采摘香椿时。

　　香椿味浓。爱吃的人说这是春天的味道，不爱吃的人就觉得涩口。前些年我极不喜欢香椿，总觉得有股子中药味儿，每每觉得吃的不是菜，而是为了健体强身而皱着眉头吃下的保健药。

　　无论是城中号称能把香椿做到极致的河南饭店，炒蛋、蒸菜、煮汤、拌豆腐，还将头茬香椿剁成了包子、饺子馅儿，甚至炸成了素丸子，品种繁多，能满满当当地摆一桌子；还是我那最懂情调的上海女友的私人饭局，反正同桌的朋友吃得喷喷香，我也不肯多吃一口。不管怎么烹饪，不过就是那个味儿。如果春天就是那点苦涩、那点生青，那这个春天也没啥意思，我更喜欢繁花似锦甜蜜明媚。

但我这个人脸皮薄，不肯负了朋友的心，所以总会礼貌性地夹一筷子细嚼半天，点头微笑假装赞赏。但我舌尖上的涩味滑到胃里的时候一直有个声音在说，不好吃，不好吃。

村上春树说，人不是一天一天变

老的，而是在某一个瞬间突然就老了。譬如说突然喜欢上了一些平时不爱的食物，爱上一个以前不会中意的人，不是性情变了，而是终于向岁月臣服。

近来工作颇多，一日三餐皆是将就。住在隔壁小区的朋友看我吃得实在是清简，便约我去她家吃饭。进了她家甫一坐定，她就一脸兴奋地打开罩着菜的保温盖，一一介绍菜式，她最拿手的腌笃鲜、雪菜毛豆、蒸鱼。又拉着我直奔厨房，灶台上正摆着她最爱的家乡寄来的头茬香椿，昨天早上摘下来，今天早上就收到了，极新鲜，她准备炒鸡蛋——云南最好的土鸡蛋。

听着都觉得特有诚意，全是家乡特产，且由她亲手烹饪，可我实在提不起兴致。我最爱的是鲜虾，还爱土鸡，不管是清蒸、盐焗，还是白切鸡，全是我的菜。其他菜式偶尔尝尝还是可以的，多吃几次就索然无味了。没想到这次只吃了一筷子香椿我就没停口，几乎吃了半盘，每一口都有着鲜香浓郁的山野气息。

原来吃了这么多年，我所遇上的香椿都不是最好的，朋友的香椿不仅新鲜，她的炒蛋手艺也是一流，全然不是"小红书"上的程序。她先将鸡蛋炒得半熟捞起，再将香椿烫软切碎，油稍温，放香椿碎，再加入半熟的炒蛋与两个全生的蛋液一起翻炒，不到两分钟，蛋液成型，翻面再煎，三分钟后盛出。表面酥脆，中间的香椿与蛋液充分混合，既香浓软嫩又有嚼头，真是皮酥里软，让人着迷。我没想到煎蛋也要分两次！

所谓厨艺，就是有厨有艺。朋友每道菜都配了鲜花与嫩叶，摆盘手艺堪称一流，这让我开胃，更让我愉悦。哪怕是平常菜蔬，因为厨师的看重，认真烹饪，用心设计，就有了不同的味道，它不再是凡俗世界里的果腹之物，而像一件艺术品，不管是吃的人，还是做的人，也因这份隆重，起了珍惜。

春天原来是这个样子的，虽然满山遍野，但因为在意，因为拿手，它不仅春红柳绿，更是滋味绵长。

至贵至贱萝卜丁

每逢节日必无胃口，不管什么龙虾鲍鱼土鸡土猪，海味山珍都让我全无食欲，饱腹而已。

不知是什么童年阴影，反正从小到大，但凡节日，我总会瘦，至少三斤。每到节后返工，同事们个个争着抢着哀叹自己胖了多少斤时，我总不敢说话，只怕一开口，就成了"凡尔赛人"。

其实我也想胖一点，尤其是春节期间，至少证明吃得好，心情佳。偏偏节假日里的失望沮丧，总比平时多。好在老天是公平的，节日一过我的好胃口就回来了，常常一两个月就能胖七八斤，这便到了我"斤斤计较"拼命减肥的时候。人世间就在这样的轮回里，一年一年又一年，秋月春风等闲度。

今年又是如此，初七一上班，我的胃口又恢复如初。昨夜干光了一碗汤、一碟青菜、半碟烧肉，还有一条海鱼，又来两碗白粥。白粥当然不能将就，我配了萝卜丁——酱油、香油、花椒油、陈醋泡过，分外地香，是一种"宛转蛾眉马前死""此恨绵绵无绝期"的香。挥手又盛了一碟，再来一碗白粥，抚着鼓胀的腹，半歪在沙发上叹气，太幸福了！

我喜欢吃萝卜，不管是红萝卜、青萝卜还是白萝卜，红烧、清炖还是爆炒，我都喜欢。最爱腌渍过的萝卜，清爽开胃，无论是配粥、馒头，甚至夹在油饼里，都是绝配。

小时候，奶奶喜欢将红萝卜切成细丝，悬在太阳底下晒成干，再加入糖、盐、酱油、蒜末腌起来，十天后就是配粥下酒的小菜。吃的时候再淋点香油，撒点香菜碎，那叫一个鲜美，给什么都不换！不管做多少，架不住个个爱吃，常常还没到春节呢，装萝卜干的咸菜缸就见了底。奶奶是个手巧能干的人，她将埋在沙窖里的大白萝卜切成丁，用盐与糖腌一晚上，第二天早上控干水分，淋酱油、醋，撒蒜末，拌香油，就是另一味鲜美爽口的小菜，爷爷常用来配老白干，吱的一声喝口酒，嘎吱一声嚼口萝卜丁，说不出的清爽，仿佛窗外天地间的黑土白雪都添了色彩，滋润又丰美。

日子本可以过得简单，有吃，有穿，有住，有家人陪伴。可酱油萝卜丁不能久吃，天天吃，哪怕龙肉也得烦。这么偶尔吃上一两餐，再吃大鱼大肉也不觉得腻，哪怕顿顿五花肉炖粉条白菜，也觉得日子舒坦称心。

当我来到广东，第一次尝到白醋萝卜，顿时眼前一亮。好吃！清清爽爽、没有油、没有酱油，除了白醋就是糖，但味道很好，让人如沐春风。可要是一段时间没吃，也不会特别惦记。让我经常想吃的，不管是配馒头、米饭、白粥，还是满桌子的山珍海味，酱油萝卜丁依然占据榜首。常常下厨拌上一大碗放进冰箱，得空就挖出一小碟，浅浅淡淡地吃，好像就回到了家乡，解了乡愁。

枇杷熟了

　　我住的小区不大，位置较偏，绿化多，居住人口少，可以在小区里跑步。

　　对面的邻居昔年在楼底种了一棵枇杷树，一棵鸡蛋果树。树一天天长大，从小树苗到攀屋顶，可邻居只住了三五年，就搬走了，我再也没见过那对夫妻。我每天进出只见他家屋门紧闭，十几年不曾见过人影。

　　不经意间，门前的小树已成老树，腊月开花，三月结果，每当有人经过，总会慢下脚步，抬头扫上几眼。有时是大年，果实累累，经过时随手一摘把玩半天，有收获的兴奋；有时是小年，零星的几粒果实半悬在枝头，让人不忍摘下来。

鸡蛋果长得有点像奇异果，毛茸茸褐黯黯的外表，果实也不好吃，每天有邻居经过，没谁愿意摘下来吃，反而落了个圆满。一直到酷暑时节，鸡蛋果才落尽成泥，枝叶苍绿间透过斑驳的阳光。

两树相依而立，伸展的枝条相互交错，你中有我，我中有你。鸡蛋果树就像个中年汉子，粗糙又无趣；枇杷树像个青葱少女，有着娇嫩又圆润的身姿、招摇又时尚的裙裾。

第一次见到枇杷是在前往深圳的火车上，昏睡了一夜的我从疲惫中醒来，发现列车正停在湖南岳阳站，站台上有不少售卖零食的小推车，我拎着随身小背包下了车，东转转西看看，小贩立即凑过来，操着不太标准的普通话向我推销当地特产。看到一盒六个颜色青黄、鲜灵饱满的枇杷时，我愣住了，原来这就是枇杷——小学、初中课本里提到过的南方水果。我立即买了一盒，不便宜，五元钱，当时是1996年，一份两荤两素的盒饭也就是这个价钱。

不敢久留，怕火车突然启动，把我扔在异乡，我的行李还在车上呢。上车坐好，左右端详着身边新上车的乘客，他们都有着期盼闪亮的眼神，同我一样，他们也是去往陌生又热辣的广东。

列车启动后，我到洗手间将枇杷洗干净，又仔细端详了两眼，放到了嘴边，我并不知道怎么吃。先摸了一下，皮很结实，不像能撕揭开，又没有小刀，干脆直接咬。可没想到，果肉酸得倒牙，头发直接立起，两眼缩成一团。果皮又涩又苦，本来想全部扔掉，但看在五元钱的分儿上，我坚强地继续吃。咬了一口后，发现皮是可以扯下去的，果肉可怜，薄如春衣，果核硕大，至少占了整个水果的七成比重。直到两年后，我吃到优质品种的枇杷，才知道那天火车站售卖的枇杷大约是野生的，只有颜值。

　　楼下的枇杷树一直是天生天养，无人施肥，无人喷药，除了小区的花工不时浇水，它一日一日地挨过孤寂、挺过虫害，大年时就结满累累的果实，小年时稀稀疏疏的只有十几粒，偶尔有人摘下来尝尝，大多数都是枯悬在枝头，被鸟啄，被虫咬，到最后腐烂成泥。我摘过几回，枇杷皮薄、肉厚、核小，很想多摘几粒，甚至呼朋唤友来摘。可毕竟不是自己种的，不好意思张罗，只能眼巴巴地看着它成熟、坠落、腐烂。

　　明明是好东西，喜欢的人不能碰，拥有它的人又不珍惜，也不能说什么，只能认命，只能坚强地挺过去，直到拥有它的人回头，发现它的好，起了爱护珍惜之心。

　　那天在楼下跑步，无意间一抬头，发现枇杷又熟了，而它的主人依旧没有归来。

露水情缘

　　看到朋友晒她妈妈刚蒸出锅的包子，圆嘟嘟、胖乎乎，还是香菜馅儿的，顿时馋虫泛滥。我立即放下手机，直奔厨房，准备和面，明早蒸包子。

　　说起包子，就不能不说饺子。包子与饺子是一对"亲姐弟"，包子是"姐姐"，饺子是"弟弟"。不管是暄软的包子，还是结实有韧劲的饺子，都招人爱，尤其对于北方人，是不可或缺的主食，甚至大餐。我爷爷常念叨："好吃不如饺子，坐着不如倒着。"比饺子好吃的东西很多，但半个月不吃就会惦记的，还真是饺子。

　　当然包子也是招人爱、让人迷的，可包子不适合节日，它做起来太麻烦了，需要提前发面，影响临时发挥，产生不了惊喜的效果。

我喜欢面食，不管是包子、饺子、馒头、面条，还是面包。除了不太喜欢蛋糕，它太甜太软太腻，我喜欢有点韧性有点嚼劲的食物。但凡有点挑战的，不管是食物还是人，都无形中增添了吸引力。

面食最解压，但凡觉得生活有压力，或者心情不太好，我就会闷头做面包，贪其和面时必须精确掌握各种成分的比例、重量，这需要认真地投入；揉面时要用力，这就消耗了一定的体力；烘烤时泛滥的浓郁香气，这肯定是世间最好的治愈气息；送给朋友分享时，她们满眼兴奋羡慕，不断感叹："你真厉害，居然能做出这么漂亮的面包。"这时的满足感，可以消弭无数的失落与沮丧。

人必须自己去努力求得疗愈，要知道靠人不如靠己。

朋友们一边吃着我亲手制作的面包，一边怨我"害人不浅"，因为面包材料太过考究，放足了黄油、奶油、奶酪，非常容易长肉。虽然她们嘴上怨着，心里还是愉悦满足的，她们都爱吃面包，对我更是颇多关照，没事就拿好吃好玩的与我分享。我总觉得爱吃面包的人善良可亲，喜欢吃面食的都是心底柔软、对生活充满热爱的人。

一边和面，一边打电话问邻居，想不想吃香菜馅儿的包子？听到包子，她很是兴奋，说我做的包子实在是美味，可香菜馅儿就算了，除了凉菜里可以放一点，煮熟的香菜，她吃不惯。

据说香菜比榴莲还要有界线，有人不爱吃榴莲，有人不爱吃香菜，爱的人就爱得肝脑涂地，上刀山下火海也想吃。不爱的，连闻到味道都会头疼。

我喜欢香菜，不管是生的熟的，哪怕抓上一大把煮火锅，也吃得喷喷香。香菜馅儿的饺子于我是大餐，而香菜馅儿的包子，那就是"奢侈品"。

我始终觉得喜欢吃面食的人，容易满足，容易快乐，容易成为一个幸福的人。他们身上常有一种阳光的味道。尤其是吃了面食后，两眼温煦，恍如春睡后的满足安慰。

面食，有时就像一段露水情缘。为君沉醉又何妨？只怕酒醒断人肠。

春初早韭，秋末晚菘

　　刚刚吃过晚餐，最关心我的老友打来电话，提醒我要吃饺子，说年二十五，要吃饺子，吃了饺子，就捂住了幸福。

　　虽然有点抗拒，却不敢不听劝，晚上10点30分开始包饺子。好在家里有早上买回来的新鲜韭菜，还有鸡蛋、虾米。和了一碗面，将那一小绺韭菜洗净切碎，再炒了两个鸡蛋，油爆了虾米，不到半小时就包了七个饺子——韭菜鸡蛋虾米馅儿，最是清鲜。在11点45分前吃完了饺子，还在12点前把厨房收拾干净，看到时间还处在年二十五的晚上，心里便美滋滋的，像真捂住了幸福般得意安慰。

　　人是要这样时时安慰自己的，便觉

得日子特别称心美好。

我喜欢吃韭菜，更喜欢吃韭菜馅儿的饺子，朋友的提醒是一方面，我想喂一下馋虫才是真。年少时并不喜欢吃韭菜，嫌弃它有味道，尤其是吃完后嘴巴里臭臭的。偏偏爷爷最爱的就是三鲜馅儿饺子，没事就切了韭菜，炒了鸡蛋，爆香了干虾仁，一包就是一大堆，反正个个都吃得欢喜，唯有我是不肯吃的。少年时我一直不爱吃饺子，实在是因为家里总包、总吃，一早吃厌了。

可到了南方工作，没有家人在旁边，回忆起饺子的滋味、一家人包饺子的热闹，竟开始馋起饺子来，没事就要跑到东北餐馆吃上一回，次次都吃得肚满肠肥。等到孩子满了周岁，可以吃饺子了，每个月都要包上一回，次次都让自己满意，孩子也极是喜欢。

然而世间事从来都是往复循环的，孩子也如我一样，读到高中便开始讨厌吃饺子，不管什么馅儿，一律不吃，尤其是韭菜馅儿，和我当年一样，闻到就要露出嫌恶的表情。我不出声，也不会因为她不喜欢就停止炒韭菜、包韭菜馅儿饺子，最多是她在家时我不包，或者帮她做了其他食物再包我爱吃的韭菜馅儿饺子。

《齐书》中写道：南齐周颙隐居于钟山，文惠公子问他蔬食何味最胜？周颙答谓"春初早韭，秋末晚菘"。早韭就是早春的新韭，晚菘是秋天的大白菜。春天的韭菜，秋天的白菜，都是最新鲜的时令食材，古人一直注重吃时令蔬菜，因为这符合养生规律。

我也到了要注意养生的年纪，春天吃上最新鲜的韭菜，不仅养生，还养心呢。因为吃的时候特别愉悦，仿佛又回到了童年：一家人围坐在桌前，或站或坐；一边聊着时新的话题，一边手中不停，一个一个的饺子很快就聚成了堆，马上有人奔了厨房烧水煮饺子；这边端上桌，那边就有人倒好了醋，摆好了筷子，一家人喜滋滋地尝了饺子，有的继续吃，有的转头继续包饺子。不管做什么，大家都觉得理所应当，心情舒畅。

如今我经常包饺子，多数是韭菜馅儿，韭菜依旧味道浓重，吃完满嘴的连绵起伏，但我会马上刷牙，便只记得它的好。生活就是这样，你要是总想着生活的不易、别人的缺点，只会让生活更难过，自己不开心。往好处想，往好处奔，日子就多了滋味，越过越美好。

煮的不是粥，而是爱

今日腊八。

昨晚细细准备食材，花生去皮、核桃去衣，莲子、绿豆、红豆、黄豆、赤小豆、眉豆泡软，糯米、大米、糙米、麦仁、黑米、小米、皂角米洗净，桂圆、葡萄干、桃干、杏干、胡萝卜干、蔓越莓、菠萝干、腰果、开心果、大杏仁备齐，这才安然入睡。

5点30分起床煮粥，先大火后小火，不时搅拌，只怕烧煳了，就白费了一番折腾。好在一切顺利，两小时后粥香四溢，打开锅盖加入半碗艳红的枸杞，再撒一把泛着金光的香桂花，齐活！

连锅带勺配碗装袋，小心翼翼地拎到单位，请同事们一起分享，三三两两到来的同事皆惊呼着，这个一碗，那个两碗，直到一锅浓郁黏稠的腊八粥见了底，忐忑的心终于落地，忍不住发出满足的叹息。付出多少没有关系，重要的是有人欣赏，有人欢喜。

我从小喜欢腊八粥，当然北方的腊八粥不像我现在做的这么复杂，我那一手好厨艺的奶奶会提前一天泡好江米、大黄米——这两样是腊八粥的灵魂所在，糯糯软软，有股子特殊的香气，像烤焦了的枣子，又似温柔的缠绵。我自小喜欢软糯的食物，江水、大黄米、柿子饼、高粱饴，反正只要软糯，就会上瘾，一吃就停不下来。奶奶常常一边做我喜欢的糯米饼，一边轻轻地叹息，说这孩子就喜欢吃黏糊糊的东西，将来非是个黏人的姑娘，这要是嫁了人，不定受多少委屈。

边说边轻轻抚摸我的长发，我自小喜欢长发，总觉得女孩子就得留长头发，当然不是披头散发，而是高高地拢成一个马尾，或者盘成光洁的髻。那时看电视剧，我爱极了唐朝美女，尤其是盘成半弯的蓬松的发髻，有种高贵又妩媚的慵懒。我常常幻想，如果我生活在唐朝，会不会遇上李白、白居易，或者李隆基。

年少无知，常生活在幻想的世界里，可也因为有天马行空的想象，让生活多了不平凡的滋味，仿佛每一天都会遇到惊喜。中华民族对艺术的追求无止境，我向往着穿越到宋朝，因那个时代的文人对艺术无止境地追求，不管是书法、绘画、音乐还是文学，皆处于人类美学的顶端，就连小茶小点也匠心独运，一道茶点就惊艳了岁月，当然还有腊八粥。

腊八粥也叫"七宝五味粥"，民间喝腊八粥的习俗始于宋代。据说佛祖释迦牟尼苦修时，饿得骨瘦如柴，一个牧女给他盛了一碗乳粥，释迦牟尼因此恢复了精力，于腊月初八成佛。从此民间用香谷和果实做粥供佛，渐渐成为一种仪式，仿佛不喝腊八粥，这一年就没有甜美丰满的结局。

我热爱美食，没事就在厨房里煎炒烹炸，尤其是各种节日，不做点传统食品，就觉得辜负了时光。但我喜欢搞搞新意思，从不肯循规蹈矩，就像奶奶做的腊八粥只放花生、江米、大黄米、大米、核桃、红枣、黄豆、大饭豆、蜜饯，还有冰糖，虽然品种不多，味道却是极好的。奶奶擅于规划，总会提前泡好不易煮烂的食材，包括江米，泡上一晚上，第二天早上四五点钟就烧旺了炉火，分批下锅，大火烧沸，小火煮烂，不时搅拌，只怕煳底，最后才放入大米、核桃、红枣与蜜饯，撒入冰糖，小火再熬上半小时，满屋生香，这才叫醒全家人上桌吃饭。

东北的腊月有种坚不可摧的凛冽，早餐要是不吃点热乎的食物，一天都暖不过来。腊八粥实在是北方严冬的标配，当一锅煮了两个多小时的黏稠适度还冒着热气的腊八粥端上桌，明明还惺忪着的双眼霎时清醒，呼噜噜地连吞两碗，抚着小肚腩，暖洋洋美滋滋地上学去。

而奶奶匆匆吃完，收拾好房间又奔了厨房，腌腊八蒜，准备全家人的午餐。那时我们上学的、上班的，常常是早上出门，中午归家吃饭，吃完抹嘴走人，傍晚6点又回来吃饭，奶奶一人在厨房忙活，一忙就是一天，从早上四五点忙到晚上八九点，简直是正常不过。虽然只是家庭主妇，却比上班的、上学的更加辛苦，但她从不叫苦，也从不拉人帮忙，除非是婶子、姑姑们得了闲主动帮手，她从不抱怨。从她身上，我学会了主动做事，不叫屈不叫冤，该你得的，必然是你的，不是你的，叫了也只是讨人嫌。

如今我生活在深圳，天气最冷时，气温也在10℃以上，别说腊月冻掉下巴，哪怕是三九天，还有人光着大腿露着腰。但我总是按照北方的节气生活，尤其是时令的美食，从不错过。昨夜准备好了三十种食材，今早起床细心地煲熟了，最后还加些了桂花，香甜得让人沉醉，仿佛到了深秋的江南。天堂里的奶奶一定能嗅到这浓郁得拂都拂不开的粥香吧！

腊八节一过，春节就不远了，你与谁团聚，与谁依偎取暖？

老爸的招牌菜

这几天可把我妈忙坏了，平日里清爽的客厅现如今食物堆放得放不下脚，她还觉得不够，好像非把屋子塞满食物，这年才能过得安心。

年夜饭几经修改，荤素大菜几轮厮杀，第一次的菜单与最后定下来的，菜款几乎换了个遍，只有香酥鱼稳坐江山纹丝未动。香酥鱼是我爸的拿手好菜，一年只做一次，却从未失手。

我爸是业余大厨，却很少在家做菜，除了过年过节。平日里除了上班，他总忙碌在亲朋好友家的宴席上，煎炒烹炸，汗如泉涌，满脸放光。他并没有学过厨艺，但先天对食物的敏感与热爱，还有敢想敢干有创意，让他自然而然地成为方圆十里的名厨。老爸炸的丸子、熬制的皮冻、扒的猪脸、酱的牛肉，全是我吃过最美味的——当然是年少时。还有老爸一年才做一次的香酥鱼，简直是无上的美味，每次一上桌，没等大厨坐定，就被一抢而空。

一想到老爸做的香酥鱼，口水就止不住，其实我跟我爸学过，试做多次，无一成功。在老家的时候，我爸用的是鲤鱼，到了南方生活，才发现草鱼刺少肉多，更适合做酥鱼。鲤鱼多刺，尤其是小刺，味道还有些土腥气。但在北方过年时，能买到的大活鱼，只有鲤鱼，何况鲤鱼样子漂亮，让人觉得特富足气派。可小孩子才不管漂亮与否，谁愿意吃鲤鱼呢，不管加了多少调料，味道总不够吸引人。本来就急慌慌的，只想快点吃完饭，下桌放炮，提着灯笼到处跑。可长辈夹过来的菜，你得吃完，每道菜都得尝尝，不吃就要挨骂。

我爸是个有心的，常常红烧一条完整的鲤鱼，过年嘛，必须全鱼、全鸡。再将另一条鲤鱼去了内脏横切成段，放进一早调好的酱汁里，那酱汁可是他的独门秘方：酱油、花椒面、盐、料酒、拍好的姜泥，还有山东大葱段，腌制一小时。拿一小锅，将冰糖拍碎熬成糖浆，加入酱油、陈醋、桂皮、八角、香叶、花椒粒、生姜、大蒜、大葱与料酒，煮沸后调小火。这时就该油锅上场了。

油渐渐冒泡，鱼段就可以下锅了，我爸小心地将鱼肚两边的肉分开，鱼肉炸成蝴蝶挥舞翅膀的样子，颜色渐黄，再一一打散，捞出备用。等到所有的鱼段炸好，再放进油锅复炸一次，这便是鱼肉酥、鱼骨脆的关键。如果想吃外酥里嫩的，只炸三十秒，但老爸知道我们都喜欢油少不腻、肉脆刺酥的，他炸两分钟，其间火候得特别小心，一旦过火，就煳了。如果要想味道酸甜可口，还得加芡汁。

把所有的鱼段倒进一直熬着的芡汁里——在复炸的时候，就将淀粉勾芡倒进刚才一直小火熬的酱汁里。小心将芡汁与鱼混合均匀，加一两片绿叶点缀，之后摆盘上桌。嘿！那叫一个鲜亮，那叫一个浓艳，那叫一个香脆，反正筷子与手齐上，几秒钟就光了盘。

多年以后，我到上海与南京旅行，才发现那里也有这个做法，上海叫爆鱼，南京称之为熏鱼，不懂为何叫爆、熏，北方必须是大火猛炒，才叫爆；将糖熬煳了焖蒸，才叫熏。

一个地方有一个地方的风俗，一个城市有一个城市的味道，一个家有一个家的习惯。回家过年，家人团圆，一起吃年夜饭，是中国人约定俗成的过年方式。仿佛这样，过去的一年就有了完满的结局，并预示着新的一年会有一个良好的开端。

对于我，有老爸的稣鱼，这一年，就有了美好的收尾。

寒食过后是清明

寒食过后即清明。清明时节，花事最盛。古人写道："春城无处不飞花，寒食东风御柳斜。"岭南少柳树，飞花却无处不在。

寒食节前一天，老妈从苏州旅行回来，背了一兜甜点过来，说是苏州特产。堆了半桌子的松子枣泥酥、云片糕、玫瑰方糕，我看一眼便生了惧。

老妈早就看出我的不屑，忍住火气假装平静地说："明天不要生火，你奶奶今年刚走，咱们要按照祖宗的规矩，寒食节全天禁火，吃一天的凉食。寒食寄哀思，你奶奶在天上就过得安乐，知道我们惦记着她，心里就舒服。"话未说完，我已泪流满面。奶奶抚育我长大，是我最亲的人，可是她才走了不到一百天，我竟忘记寒食与清明的拜祭。

轻轻撕开一包松子枣泥糕，慢慢送到嘴里细嚼，又硬又甜又干，随即冲了一壶茶。正慢饮着，老妈念叨起南头古城，说是很久没去了，听说就要大改造，很想去看上一看。这当然好！母亲的愿望必须满足。我回应道："女儿在家学习，我陪着你去。"老妈立即眉开眼笑，我亦忘记刚才的尴尬。我们下楼打车出发，望着车窗外接连不断的花海，老妈突然哼起歌来，一会儿云南小曲，一会儿黄梅小调。我不出声，静听她欢快的歌声，望着她渐多的白发，心中思忖彼此要多多陪伴。

陪着老妈在南头古城漫逛，一条巷子，又一条巷子，心中思忖仿佛穿行在古远的岁月，与一路之隔的深南大道不在一个时空。老妈一会儿自拍，一会儿让我拍照，喜不自禁，像个初次见识世界的孩子。走累了，请老妈吃热乎乎的湖北菜，老妈吃得很欢乐，完全忘记了刚才还提醒我明天是寒食节。

每年的清明都是阴雨连绵，仿佛老天爷也在难过，为自己的亲人洒落泪水。我以为今年会像往年一样冷雨嗖嗖，没想到却是一个阳光灿烂、暖得人心都要融化的好天气。坐在阳台上晒衣物、晒后背，顺便晒晒陈年的心事。想给爷爷烧点纸，想和奶奶说点悄悄话，却无处可去。

如果有一天我死了，烧成灰，直接埋在树下，若是能开花又结果的树，心愿已足。外公外婆去世时，我还年少，他们都是五十多岁就离开了人世。想想自己的年纪，心惊，余下的每一天，都要开心地过，要把活着的每一天，当成余生的最后的一天，爱亲人，爱朋友，爱自己。

夜半酌了半杯酒，对着无际的夜空，好像与逝去的亲人遥遥相望，缓缓干杯。

五香人生

中午与同伴相约寻觅美食，穿过各色美食的门口，我们最终决定去吃许久不吃的东北菜。进了花花绿绿的大门，直奔东北土炕，也不脱鞋，直接上炕——当然是假炕，可也有那个味儿，仿佛真到了东北农村大娘家，转头直吼吼地大呼"点菜"，要的就是这个豪爽劲儿，仿佛自己是条东北大汉。

同事不肯点菜，她对东北菜的认知还停留在酸菜馅儿饺子、小鸡炖蘑菇上。这重任就落到我头上，当仁不让！我也不看菜谱，随手就点了凉拌菜、西葫芦鸡蛋水饺、渍菜粉与锅包肉——全是东北菜中的经典，哪怕天天吃，也不厌烦。正想将菜谱递给服务员，突然发现一张红黄透亮的五香干豆腐图片，顿时垂涎三尺，当即又加了一道菜，同事急了，说："哪吃得完，咱俩要是吃这么多，得扶墙回去。""不怕，大不了打包，吃就要吃个尽兴。"

菜一上来，两个人一顿大嚼，吃什么菜就得有什么样的态度。很奇怪，如果是吃西餐，我们会不由自主地放慢速度，细嚼慢咽，边吃边轻聊；可要是吃韩国菜，声音都会大起来；而吃粤菜，人又会变得斯文；可要是吃起东北菜，那肯定是大口吃饭大口喝酒，吃得就像抢饭似的。饮食文化深入民心，并不需要引导，你就会跟随环境来改变，来适应。

没想到左等右等，五香干豆腐迟迟不肯出场，我以为凉菜都是提前做好的，最先上桌。可这也不能怪店家，说不定能给我惊喜呢。终于等来了五香干豆腐，果然味道与我小时候吃的是一模一样，甚至比小时候吃过的还好吃——干豆腐更细软，味道更清爽，不像多年前的浓重，吃两块就够着了。嚼着干豆腐，同事感慨，说："你们东北的五香干豆腐真怪，跟南方的完全不同，我们的叫香干，是很结实的一块，不像你们薄得纸一般，还熏得这么浓烈。"

我向她介绍，东北五香干豆腐是先用各种香料将干豆腐煮入味，再放进大铁锅里的架子上，锅底熬糖，随着温度的升高，糖会变焦，这焦糖气将摆在上面的干豆腐熏上焦黄的颜色与熬糖的味道，这种熏制方式特别让东北人着迷，有着打马出征的豪放与闯荡江湖后归来的微醺，我小时就喜欢吃，可到了深圳后，很难遇到好吃的。

突然想起二叔曾在家里熏过干豆腐，还推着自行车拿到市场去卖。那一年正是他人生中的低谷期，在工作中摔伤了腿，不但留下了病根，影响了工作，也少了收入。那年我才读初中，二婶刚刚生了第二个孩子——我的小妹阿波，阿波的哥哥大她两岁，正是一家人最忙、最累的时候。二叔是单位的电工，技工学校毕业后，从最底层做起，刚刚当上了电工班班长，一切都在往好的方向发展，谁想到一次作业中，他被电流打翻，从半空坠下，虽然保住了命，却伤到了右腿，住院两个月回来，右脚一落地就痛，很是影响行走。电工班班长是当不成了，单位将他转到调度室，这下可不妙，工资每个月少了20多元，在1985年，这20元可不是小数，尤其二婶的收入不高，还得每个月买药，二叔的腿脚总是疼，尤其是变天的时候，钻心地痛，夜半总睡不好。高大强壮的汉子，不到半年，就瘦得没了精气神儿。

我爸是个热心的，没事帮这个帮那个，就是没空帮家里人。正巧他帮了别人的忙，那人家里种了不少黄豆，秋末送了几麻袋的黄豆，顺便还拎来一桶大豆腐，一盆干豆腐，全是他老婆自己磨的，味道相当不错，胜在天然无添加、原汁原味。豆腐再好，也吃不完，爸爸把干豆腐、大豆腐全送到奶奶家。二叔见了，心中一动，他点燃院子里的炉子，将大锅里盛了水，加了花椒、八角、桂皮等香料，大火烧开，再细心地将小山般的干豆腐分成小卷，用白棉线捆牢，一捆一捆地放进汤料里，小火慢炖，等到干豆腐吸饱了味汁儿，捞出备用。

洗净大铁锅，放进两碗白砂糖，上面放个架子，再把煮得喷喷香的五香干豆腐摆在架子上，糖徐徐融化，慢慢起了黄烟，二叔拿个大盆将锅盖压得紧紧的，可那烟还是循着缝隙往外窜，不到十分钟，二叔将大铁锅盖打开，刚才还是暗黄的干豆腐变红了，有一层焦糖香，我以为这就大功告成，但二叔马上端出一碗香油，像刷墙一样将露在外面的干豆腐刷了薄薄的一层油。

我忙伸出手夹了一条豆腐卷，直接送到嘴边去，哇，香得让人停不了口，连吃两条，大饱。二叔拿出一个大盆，将熏好的干豆腐摆进去，又把大盆捆在自行车的后座上，他准备推到市场门口摆卖。我当然要跟着去，我还没卖过东西呢，我想成为一个老板，伙计也成，反正有钱收的样子，一定很神气。

没想到刚走到一半，对面一台大卡车往这边冲。二叔把自行车往里一拐，车子失去平衡突然倒了下来，不但将二叔压在车下，一盆滚热的干豆腐也雪片似的往下滚，二叔又烫又急，原地蹿起来，一股脑儿地往盆里装，又怕豆腐脏了，又怕破碎变形，又急又气，被压的腿脚又疼，二叔眼眶一红，手突然一停。跟在车后一路小跑的我走到他跟前，只看到他的眼角滑下一串泪，一时间不知道说什么。我也想哭，可是路上人来人往，这一哭，万一被同学看到，可不好呢。

我忙蹲下身来，跟着二叔捡豆腐，最下面那一层肯定是不能要了。马路虽然扫得干净，可灰尘与小碎石还是有的。二叔恨恨的，盯着躺在路上的一层干豆腐狠狠地发了会儿呆，终于站起身，将盆子捆牢，叫我在后面扶着盆，一路快走，也不过是五分钟的工夫，就到了市场门口。二叔吆喝了两声，人群就拥过来。不到十分钟，一盆五香干豆腐就卖光了，印象中卖了三十多元钱，别人家卖五毛钱一斤，二叔想着本来就是无本生意，只卖四毛钱，买菜的跟抢似的，这个要两斤，那个要四斤。最后二叔给了我一元钱，我就喜滋滋地拎着秤往家跑，一路上乐得跟中了奖般。一元钱可以买半斤幸福奶糖了。

半年后，二婶把小妹送到奶奶家，开始早出晚归的工作。二叔经常半休息、半上班，休息的时候都是去医院看脚，一直煎熬了快五年，终于遇到了好医生，腿脚才算安稳。当然还是不能走长路，稍一劳累就有些跛，这成了他半生的遗憾。那么玉树临风的一个人，因为脚的残疾，整个人都失去了活力，要不是有一双儿女要养，我想他很可能颓废下去。好在弟妹均争气，从小到大都是别人家长嘴里的别人家的孩子，这让二叔多了些朝气，在人群里也肯说话了。

一边吃着干豆腐，一边想着往事，突然鼻子一酸，想起五六年没有见过二叔，也不知道他现在过得怎么样，白发又添了吧？寒冬里，受伤的那条右腿还疼吗？

我打包了五香干豆腐，想着晚上归家，泡壶暖酒，细细地嚼，慢慢地品。这五香干豆腐的滋味呀，就像我们的人生，有时被磨，有时被煮，有时被挂在架子上熏烤，好在有时也会被人欣赏，被人赞美，被人喜爱。

咖啡韵味

清晨起床，你是喜欢来杯微温的白开水、浓烈的美式咖啡还是榨杯果汁畅通肠胃，或者打个奶泡做杯拿铁？

如果我说不喜欢喝咖啡，肯定要被我的小资女友与城中略有文化的朋友鄙视。作为一个城市人，一个受过一点教育的、在经济发达的大城市里生活的、有一点热爱文学、艺术的人，怎么可以不爱喝咖啡？

我当然喜欢咖啡，但仅限于闻。对于喝，并无向往与冲动，更不会上瘾。在注重生活品质、重视身材管理的城市白领眼里，口渴时，最健康的饮料就是柠檬气泡水；热爱传统文化、注重养生的中老年人，喜欢的必须是中国茶；时尚的小资，讲究情调与生活氛围的，肯定是咖啡；而年轻、未受过生活拷打与鞭笞的小青年，爱的一定是奶茶。而我，喜欢汽水。

小城市长大的我，童年蛮滋润的。虽然没见过什么世面，也没走出过小城，可吃的喝的并不差，更没被各种流行食品落下。但凡节日，家人团聚，或是亲友来访，会生活、懂情调的妈妈肯定是好酒好菜招待，不管春夏秋冬，男人们喝的不是白酒就是啤酒，女人和孩子也不能喝白开水呀，所以我们喝的那必须是汽水——从最初的雪梅露、北冰洋汽水，到最后的强力荔枝饮料，中间至少间隔了十年。而这十年，是我疯狂喝饮料，不怕长胖，不怕生病，不怕喝了打嗝儿影响形象的自由放纵时光。

第一次喝到荔枝饮料，只一口，就上了瘾。嘴中不停，眼里有光，含漱良久，舍不得下咽。原来这就是荔枝的味道——杨贵妃至爱的荔枝，南国出产，不能久放，超过三天色味皆变的荔枝。而千年以后，珍贵稀有的荔枝就浓缩在这小小的一罐里，是"一骑红尘妃子笑"，无数驿马千里飞奔日夜不停运送的宝贝。只此一次，便起了痴迷，最盼望家中来客，尤其是过年，那我妈买的就不是三四罐，至少两箱。一箱二十四罐哪，那我怎么也是可以喝到十二罐的。运气好的时候，还可以从弟弟手上骗来两罐，那这个春节，可真是欢喜，睡梦中都要笑出声来。

我就是这样没出息，从小到大，最看重的不过是些吃的喝的。刚刚蒸出笼的馒头冒着呼呼的热气，一手摸过去，暄腾腾的，松软有弹力，刚出锅的大馒头那种吃到嘴里，从脚到头顶生发出来的幸福感与充实感，啥也不能比。再抹上点蒜蓉辣椒酱，给个王位都不换。

还有刚刚出锅的炒鸡蛋，鸡蛋必须炒，蒸来吃、煎来吃、煮来吃，都不够炒的香浓。当然得放葱，必须是大葱，小葱就是调剂生活色彩的，根本就没有味儿。而大葱才是王者，它一身霸气，体味浓重，配上微腥的鸡蛋，加了盐，筷子那么一搅，不但中和了腥气，提亮了鲜度，更重要的是增了香气，没等入口呢，口水都流到了下巴。煮鸡蛋我只能吃一个，煎鸡蛋最多两个，蒸鸡蛋羹最多仨，要是炒鸡蛋，四五个不在话下，分分钟光盘。可还有更多好吃的，油豆角炖排骨、酸菜炖粉条，夏天的凉拌菜，还有老鸡炖鲜蘑，刚刚出锅的汤汁浓郁烫嘴，吃一口，从头热到脚，配上一口荔枝饮料，刚从冰箱里拿出来的，微冰，只一口，暑气顿消，从头到脚地松软，仿佛世间没有任何压力烦恼，你只想让此刻久存，或者时间凝固。

不到十岁的我就开始向往南方，尤其是有5月挂果、6月荔枝上市的岭南，我想吃到新鲜的荔枝，如果此生有幸，我想种几棵荔枝树，等到荔枝成熟的时候，坐在树下躺椅里读书，读着读着，随手一摘，就有一个饱满结实的荔枝握在手里，食指与大拇指一用力，脆嫩绯红的荔枝就爆了壳，有白润通透的果肉崩出，送到嘴里，汁液翻涌，人世间最美好的瞬间，不过如此。你喜欢的、你向往的，你已拥有，还是在它最美好最灿烂的时候。

然而人生总不会让你如愿，我终于到了岭南生活，每年都能看到荔枝树，甚至转个弯，就能看到荔枝林，但没有一棵是属于我的。做人还是要往好的方向想，往好的方向看，虽然不曾拥有，却也不曾遗憾，至少荔枝成熟的时候，我总能吃到最新鲜的荔枝。

年少无知的我，总以为到了岭南，就可以实现荔枝自由，想吃就吃。却不承想哪怕科技再发达的今日，荔枝依旧不能久存，最多放上半个月，色味俱消。更让我想不到的是，我对荔枝的热爱慢慢消失，尤其是有一年一口气吃了十几粒荔枝后，喉咙上火发炎，根本说不出话来，我才知道"一个荔枝三把火"的俗语还是有一定道理的。慢慢的，我不再吃荔枝，哪怕就摆在台上，也任其失色、变色，慢慢腐烂。那些你以为会一生一世喜欢的，竟在不经意间随浮云掠去，渐渐失了兴味。更可怕的是，你也慢慢想不起，想不起曾经的欢喜、曾经的悲痛，仿佛一切都没有发生，你一直是你。但偶尔叹息的时候，你知道，你已不再是你。

到深圳工作的第一年，竟想不起去买荔枝饮料，反而开始经常喝咖啡。

第一次尝到蓝山咖啡，霎时惊艳，瞬间爱上。可惜你爱上的，并不一定会成为你经常的陪伴，要么是买不起，要么是买不到，反正之后尝到的全是赝品。稍有些味道相似的，价格亦不菲。但不知道为何，我慢慢喜欢上了咖啡店，不是因为咖啡，而是因为那里的环境，让我放松愉悦，让我可以静下心来，品味自己，检视内心。还有不时滑过鼻翼的咖啡香，熏染得我以为自己也成了一个有品位、有追求、有美好未来的雅致有趣的人。

那时流行各种加了牛奶和糖的咖啡，直到星巴克入驻，我才知道有拿铁咖啡，这是我唯一喜欢的咖啡，不加糖，也不涩，至少拥有牛奶的丝滑，配上若有若无的苦，是生活基本无忧的中年味道。咖啡利于消化，促进脂肪的代谢，淡淡的苦和香仿若人生韵味，你知道这个适合自己，哪怕不甚喜爱，也会安慰自己：这是最好的选择。

风味人间话螃蟹

说起螃蟹，爱之者恨不得餐餐皆有，厌之者畏之如疾，其实也不是讨厌，要么是过敏，要么嫌麻烦。我就有两位朋友对螃蟹是畏之如虎，哪怕吃上一个蟹钳，都得吃过敏药，要是吃上半只，非得去医院打吊瓶不可。

我是幸运的，从小胃口就好，从小就喜欢吃螃蟹。我的家乡黑龙江并没有新鲜螃蟹，全是冰冻海鲜，虽然比不上鲜活的，总胜于无，何况没有尝过新鲜螃蟹的人，哪里知道什么才是最鲜最美的，咬一口煮得通红的冻螃蟹，已是惊艳。

三九天气最是严寒，家里肯定要吃火锅——纯正的东北酸菜白肉锅，主菜是酸菜、五花肉、羊肉、粉条、土豆，配菜则是干香菜与螃蟹。

火锅的汤并不是老汤，而是海鲜汤。奶奶早早煮一大锅汤，里面有大骨头、两只大螃蟹、一把虾干、几朵干黄花菜，还有一把淡菜，就是一种海产的干贝，用来调味，很鲜。当然最鲜的肯定是螃蟹，煮上半小时，满屋生香。家人围坐，灯火可亲，这时把吸收了食物精华的浓汤倒进铜火锅，锅底早就加满烧红了的木炭，本来就供了暖气的房间室温瞬间增了三五度，暖和得不得了。进屋时还裹了棉衣的家人迅速脱了大衣，里面还穿着厚毛衣或者贴身的小夹袄，可等到火锅一起，喝上一碗浓艳爽口的热酸菜汤，从脚暖到了头发丝，周身飙汗，大家开始不停地脱衣服，一会儿甩一件棉袄，一会儿抛一件毛衣，一会儿干脆把毛背心也脱了，吃到酣畅时，只剩下了贴身的棉线衣。每个人都是红光满面，两眼微眯，说着东家长西家短的琐事。夜已深，窗外的积雪映亮了无人的小路，在东北的冬天，不到晚上七点钟，路上就少见人影，每个人都早早地回到了家，不肯在寒夜里飘零。

我最是嘴馋，吃上几口就起了二心，非跑到厨房看看，还有什么新鲜吃食，硕大的锅里还躺着两只大螃蟹，早煮得徒有虚表，里面的肉多半已被煮飞，但我不甘心，非捞出来看个究竟。蟹腿里还是有肉的，立即拿把菜刀一拍，坚硬的蟹腿瞬间四分五裂，结实的蟹腿肉禁不住煎熬，肉质松懈，也缺了鲜味，但具体的感觉还有，证明它还是一只要面子的蟹腿。我一边嚼着一边叹息，应该早点下手，螃蟹煮熟，就应该把蟹腿捞出来卸下来大嚼，那肯定更美味。什么时候可以吃上新鲜的螃蟹？这是年少时的梦想。

没想到，毕业就到了深圳工作，第一餐就是海鲜大餐，清蒸螃蟹、盐水虾、蒜蓉粉丝蒸鲍鱼，管够。我是第一次吃这么齐全的海鲜，而且个个都是生鲜活猛的，立即爱上这个湿热又有活力的城市，决心在这里终老。

刚刚工作了三个月，黄油蟹上市了，同事带我尝了刚刚捕捞上来的黄油蟹，连腿尖里的肉都浸了黄油，香浓得咽不下。我只吃了半只螃蟹，就腻得顶住了喉，不停地喝着滚烫的熟普茶，不肯再吃。然而下次再吃，黄油蟹就没那么肥硕，也没那么新鲜。我这才知道，第一次吃的黄油蟹是野生的，之后全是养殖，甚至催肥的。叹息，人总是错过以后，才知道失去的可贵。

那年8月，朋友带我去东莞看房子，他的老家就在珠江口边，看完房子，他请我们去他们村里的土著饭店吃饭。当一盘装了至少八十只螃蟹的大菜端上桌，吓到了以爱吃会吃著称的我。我几乎想发火，这么小的螃蟹也拿来吃，太残忍了。没想到，这螃蟹就是这个品种，叫作螃蜞，长不大的，每一只只有半个鸡蛋大，可一掀开蟹壳，满满的膏，肥得不像话。我一个人至少吃了二十只螃蟹，抹抹嘴，还不够，太香浓太鲜美，配上刚刚蒸好的大米饭，绝了！

后来看陈晓卿的《风味人间》，才知道沿海地区均有这种小螃蟹，整只拍碎做酱，风味绝佳，可惜我没有试过。

不知不觉，时光飞逝，转眼又到了黄油蟹上市的时候，可一只蟹的价格已到了我无法高攀的地步。于我却也没有什么遗憾，尝过了，知道它的好，再也吃不起，也没关系。记得它的好，感恩它曾出现在我的生命里，这一生，就很不错。

爆米花好美

　　明日立秋，早晚有了些微的清凉，徐徐走在林荫路上，就连呼吸都顺畅了些。7点左右，太阳一出，满世界白亮亮得刺眼，起了雾般看不清，万物皆生了光辉，好像钻石珠宝般起了华贵。哪怕撑了伞，穿了吊带宽松裙，依旧热得热气蒸腾，从头到脚，黏糊糊地湿。

　　这个周末真是福日，几个老友皆得了空闲，立即约了聚会地点，四面八方地挤过去。周末的欢乐海岸像旅游胜地，差点就是人压人、人挤人，餐饮门店皆排了长队。好在我们提前预约了房间，从容进了店，将招牌菜式点了个遍，就着红酒、白酒开了席。

　　说起近来的生活，大家都很满意，

成家的都还稳定，有孩子的也还顺心，没家没娃的事业攀升，王大帅的酒楼生意兴隆，恨不能天天捂着钱袋子笑醒，然而人家是个有远见的，没事就北京、上海、广州等地参观学习，大家都祝他开成一个餐饮业的超级连锁店，三年内上市，我们每人都得点原始股，最好人手再派一个超级 VIP 卡，白吃白喝白打包。听到这一小小的奢求，王大帅眼睛笑成一条曲线，说你们咋这么有出息呢？不如每人每月点个新菜来得实际。你看，资本家丑陋现实的嘴脸，说现就现。

刘大美是个狠角色，不肯喝红酒，非要与众男 PK 白酒。我最惧白酒，不管是茅台还是五粮液，一律作为苦药臭水来感受。倒是记忆中的竹叶青，美艳又好饮，可惜有三十多年没碰过。九岁的我就是个贪新奇的，看到厨柜里爸爸喝剩的大半瓶竹叶青，只觉得那酒色青碧迷人，忍不住拧开瓶盖，轻闻浅吸，不自觉地就举起酒瓶小饮了一口，呀！满口清新。又尝一口，再尝一口，感觉从胃底升上一股火，整个人暖洋洋的，通体皆生了淡雅香气，从里到外舒爽无比，倒头就睡，醒来只觉得美滋滋的。爸爸下班归来，只见结实得小铁塔般的女儿脸蛋红扑扑的，好像四月的映山红，灰暗的小屋都增了暖意。

五天后，爸爸想起那瓶竹叶青，一开柜门，早就见了底，空寂寂地立在厨柜角。他有些不解地问我妈，明明只喝了一次，这酒怎么没了？我妈就怪他记性差，是不是自己喝没了不记得。吓得我马上躲进卧室，一个人对着半敞的窗子傻笑。窗外红艳艳的季季草（学名凤仙花，又名指甲花）正开得盛，一簇一簇地躲在纷繁的绿叶下羞怯怯地开着。等到周末，摘下一小捧，加了白矾捣碎成泥，用来染指甲是极好的。虽然肌肤黑亮，我却爱极艳丽的色彩，不管是口红还是指甲，总想涂染得炫目惊人。

爸爸嘟囔了两句，转头去小店买酒，却没买白酒，而是一瓶冰冻了的啤酒，拎到家还冒着白汽，小小的餐桌好像瞬间凝固，厨房凉意渐起，气温都降了三五度。东北的夏天，哪怕烈日当空，气温高达三十多度，一进到房间或者树荫下，不用三五分钟，一身的暑气尽消，夜半还要加件长袖衣裳，才能遮住寒气。东北的夏天真是舒服！

那是我第一次喝酒，第一次喝竹叶青，亦是最后一次喝那么好喝的竹叶青。人到中年，物质渐丰，却再也没碰到那清新甜绵可口的竹叶青，就像初初爱上一个人，他哪里都是好的，就连脸上的青春痘都是灿烂的。转身又遇到的，再也不是那个人，无论多好，都不是他。

刘大美一口饮尽杯中酒，还没等咽进肚，迅疾吐到碗里，说这是假酒，怎么有点苦的。拿酒来的吴大壮就不乐意了，站起身来将包装盒与酒身一齐递过去，说这酒百分百地真，是朋友直销的，怎么可能是假酒。另几个喝白酒的也纷纷证明这酒味是正宗，绝不会假。刘大美当然不肯承认自己的口感有误。吴大壮突然想起，说这酒是今年的新酒，口感肯定没有老年份的好。一听到是今年的新酒，刘大美笑弯了眼，叹息道："原来是今年的新酒，难怪有点苦味。哈哈哈，我就说我的分辨力是最棒的。"你看看，遇到一群能吃会吃的人，这人生多了多少兴味。

聊起近来遇到的人与事，说起最近的打算，老友皆轻叹，日子不好过，生意不好做，但还是要努力往前奔。酒足饭饱，大家都不肯离开，齐齐奔了KTV，貌似好多年没去过歌厅。虽然不会唱歌，却喜欢凑热闹。我喜欢莫文蔚，王子钰爱极王菲，刘大美最欣赏邓丽君，马可意却是郑秀文的粉丝，兄弟们就追BEYOND、张学友，还有卢冠廷、陈奕迅。

美好的夜晚，美好的人，虽然是好久不见，却好像从未分开。吴大壮是个麦霸，歪立在麦克风前，握住立麦不放松。好像每个朋友圈里都有一个这样的麦霸存在，从开场到结束，都少不了他的歌声。不管是男歌还是女曲，一首都不能落下，首首他都会，真是好棒好棒的。

一边喝着红酒，一边与身边的人闲聊，不经意间听到一句"爆米花好美"，瞬间怔住。竟有这样的歌词？仔细一看，是王菲的《催眠》，王子钰正唱得陶醉："从头到尾忘记了谁想起了谁？从头到尾再数一回再数一回，有没有荒废？"不行，我的眼泪止不住，不是这歌词太伤人，而是我醉了。

这一生，你第一次爱上的人，是谁？受了伤以后，再遇到爱的人，又是谁？再受伤以后，你还会爱吗？王子钰四十岁了，还没有遇到她的爱人。当然曾经爱过，曾经伤过，哪怕事业有成，午夜梦回，她会想起谁？不敢看她，转过身依在马可意的肩头，假装玩手机。马可意心领神会，马上拿出手机与我玩自拍。你看，我们就是这样善良友爱。

午夜的街头，行人稀少，懒洋洋地拖着脚步，一路无语，奔了停车场，代驾的司机很安静，除了他的脚踏车蹭在不平稳的路面上发出的咔咔声，就是耳边淡淡的风声。终于有了秋意，这晚间的风，竟生了清凉，缩了下肩头，抬头望见圆满的月亮。

车子平稳，空调有力，朋友发来他刚写的诗，怀念童年的家乡。

狗叫

深夜传来一阵狗叫

不同于娇嗔的宠物犬

急促响亮、猛烈又连贯

那是熟悉又亲切的味道

是雾气蒸笼的清晨

经过邻家时的犬吠

是暗夜自习归来

村口李二家大黑狗的恣意拦路

是秋天拉走小山般的一垛垛稻子

它们疯狂地追耍田鼠

像在门口的辣椒与茄子地

我那条叫阿黄的狗匍匐前行

挪着挪着，突然仰望天空

眼角仿佛垂着清亮的泪水

读到这，我的眼前仿佛涌起无数的画面，我曾经拥有过一条纯黑色的小狗、一条暗黄的土狗，爸爸工厂里用来看家护院的蒙古系烈犬，还有无数个清晨，窗外此起彼伏的犬吠。朋友的配图是一幅20世纪80年代小街上正在制作爆米花的照片，望着黢黑肤色的爆米花师傅，还有雀跃等待收获的孩子们，想起了我的童年——无数个潮湿的夜里，忽远忽近的画面，提醒着我，长于异地，却生于彼乡。鼻翼仿佛传来诱人的甜香，那是爆米花炸裂的瞬间爆发的浓烈的香气，你以为那刺耳惊心的一声炸响，万物毁灭，心神俱裂，却原来是美满的收获，满满当当的甜蜜与安稳。

爆米花好美，童年一去不回。

冰的是皮，软的是心

总觉得自己很能干，干啥像啥。当然这得付出很大的心血，要么体力、要么财力、要么智力。我没什么脑子，也没什么钱，但胜在身体好，抗造。

十几年前，大班冰皮月饼上市，整个月饼市场大惊，但凡尝过的人都瞪大了眼睛，原来月饼还可以这样做，不用烤，熟皮熟馅儿包好直接吃，软软糯糯、冰冰凉凉，像寒冬里少女的轻吻，香滑清凉，让人沉迷。只吃过一次，我就按照想象的方法做出了冰皮月饼，当然不好吃。一次不成，两次；两次不成，三次；反正下班就闷在厨房里，十次八次以后，愣是做得有模有样。尤其是口感，糯米粉、黏米粉加了椰浆、蜂蜜蒸熟后，再加入融化的黄油，说不出地浓郁香滑，当场就吃了三个，全是绿豆馅儿的——脱皮绿豆煮熟，用饭勺压成泥，纱网过滤，再加入猪油翻炒成型，前前后后折腾了六个小时，累得差点虚脱。人是必须有点追求的，在追求的道路上，哪怕累得半死，给我点甜头，便会忘记一切伤痛。

那一天，我忙到了凌晨两点，终于收获完美的冰皮绿豆沙月饼，郑重地摆到长碟子里，裹好保鲜膜，小心翼翼地摆进冰箱冷藏室。虽然疲惫，却有些兴奋，仿佛完成了一项大事业，即将名震天下。软趴趴地从头洗到脚，忙活了一天，从头发丝到脚趾尖都是香的，猪油香、黄油香，还有椰汁香，香得暖暖的，有点春心荡漾，不洗干净，根本没法睡觉。而且身上的衣服沾染了一点面粉、油渍，不把衣服全塞进洗衣机，怎么能睡得香？

我总是这样奢求完美，希望自己从头到脚都是美的，从里到外都是干净的，于是很累。第二天起床，睁开眼睛就直奔冰箱，打开一看，冰皮月饼个个晶莹，一点也没变形走样，我满意地长叹，立即洗脸刷牙换衣，又小心翼翼地将月饼一个一个地摆进保鲜盒，便喜滋滋地上班去。我总希望身边的人感受到我的欢喜，但凡做点什么好吃的，总想有人分享，从不考虑人家是不是喜欢，一根筋似的全力推销。

到了单位，喜滋滋地与同事分享，又兴冲冲地奔了楼上的领导办公室，在饭堂用餐归来的领导见我一脸憧憬地递过去一盒东西，里面妥妥地躺着一块晶莹小点心，他立即大力赞美："哇，这么厉害！居然能做冰皮月饼，太厉害了！我一会儿就吃。"我当然不会给他只赞美不实践，摆在台面慢慢变质或者坏了味道的机会，一把打开保鲜盒盖子，将泛着幽光的小月饼展在他面前，一脸热切地说："老板，你试试，我昨晚做的，没放防腐剂，没放色素香精，全天然，味道特别好！"领导的面部表情有刹那的凝固，我分明看到他眼底的畏惧，但他真是个好领导，犹豫了三秒钟后，一只坚定的大手伸向了盒子，食指与大拇指轻轻捏着薄薄的软糯的泛着黄油香与温润光泽的冰皮月饼，缓缓送到嘴边轻轻一咬，满眼微笑望着我，边嚼边赞。我极是欢喜，又受到了一次饱满的肯定，感觉自己分明长了二十厘米，就差顶到天花板了。喜滋滋地道别，笑眯眯地与每一个擦肩而过的同事打招呼，回到办公室，欢喜还满溢，收都收不住。

台面还有一盒，同事们分享后，还剩下了最后一个，当然不能浪费，我将手袋锁进保险柜，打了一壶水，按下了煮水键，这才缓缓地坐下，一脸自信地夹起最后一块冰皮月饼，刚送到嘴边，咦，什么味道？啊啊啊！我要仰天长啸，连声尖叫，捂面痛哭了。

冰箱冷藏室一定是太久没有清理，或者放得食物太多，明明用了保鲜膜裹住了冰皮月饼，还是有一股子散不去的雪柜味，你懂的，就是那种说不清道不明的不干净不清爽的味道，虽然明知道这食物没有变质，但这味道，谁会爱吃？我竟强迫同事与领导吃了二十二块，害人不浅！

那一天我很难过，遇到谁都恨不得躲起来，羞于见人。更加感受到领导与同事的善良美好，没有一个人告诉我这月饼有味道，虽然他们肯定知道我没有坏心，月饼也没有变质，只是不小心染了杂味，他们居然全部吃下去了。说不定我的领导趁我走出去，马上冲到洗手间挖着喉咙呕吐，这很有可能，他的办公室是有独立卫生间的。

从那以后，不管他安排什么工作，我都立即执行，不管他的决定是否有瑕疵，我都会努力让它接近完美。一个体谅下属、尊重他人的领导，哪怕有些错误决定，但他一定是个好人。而我的同事，他们一个一个都有这样或那样的缺点，但他们都特别善良、真诚而且包容。他们多数是深圳本地人，未经苦难，打小就衣食无忧，所以做人做事都大气淡定。如果不是为了荣誉而战，可能全都辞职不干，在家优哉游哉地收租度日。我虽未曾经历贫困，但从小就在每天睁开眼睛就要面临全家七口人吃饭问题的邻居身上感受到：经济基础决定上层建筑。

连着好几天，我都不好意思抬头看人，只觉得每个同事都在恐惧着我再塞来一块冰皮月饼。接着好几年，我都没有兴趣再做，直到买了一台封塑机，就是封口机，但凡做好糕点，立即放进精美的塑料包装袋，投进一包干燥剂，高温封口，嘿，再不怕怪味道。那还说什么？再干！

将糯米粉、黏米粉按比例混合，加入炼乳、牛奶与少许糖浆，搅拌均匀后上锅蒸上20分钟，稍凉后立即戴上手袋不停揉搓，直到面皮有了弹性又不粘手，切出20克的面皮，分别裹进豆沙、杧果丁与奶酪、巧克力与果泥、芝麻馅儿、莲蓉馅儿等，馅儿料只要够结实，不流汁，都可以。有时还会裹进奶黄流心馅儿，当然要提前做好，反正都是费时、费力、费心思，付出与回报不成比例的。

但时光不就是这样，不是浪费在这里，就是浪费在那里。

我倒是希望有一个爱人陪我荒废时光，但年龄一把，说这些不切实际浪漫虚空的愿望，自己都要笑出声来。好在只是胡乱说说，并没有实操，亦没有心力，我只愿过好当下的日子，便很满足。

接着做了几年，但很奇怪，只要隔了夜，不管是冷冻还是冷藏，冰皮都没有想象中的软糯，好在味道还是不错的，只是结实得让人想起举重运动员，而不是18岁的甜美少女。终于失望，不再鼓捣，不想再继续浪费时间浪费食材浪费感情。

今年的中秋又至，朋友问我要不要做点冰皮月饼，说有一种冰皮预拌粉很不错，不用蒸，直接开水拌好就可以开包，而且味道不错。那当然可以一试。大清早就准备好了食材，还想玩玩新意思。先将蝶豆花煮水，水变幽蓝色后分别倒进两个碗里，一个碗里挤入柠檬汁，水从蓝变粉，还是浪漫又温柔的粉紫，欢喜！想象中的冰皮是从蓝到粉，一路渐变过去，有一种莫奈的月夜、睡莲的幽怨与凄美，还有凡·高《星空》的迷幻，越想越美，就差写一首诗。

谁能想到，加入牛奶后，本来幽蓝的面皮一路变幻着颜色，等到停止变幻的脚步，嘿，直接成了狗屎绿，丑得不行，差点哭出声来，不带这样浪费人家感情的。又能怎么办？只能继续，又榨了火龙果汁，过滤后是艳丽的粉紫，这个还不差，连连点头赞许，仿佛是给自己的肯定。

忙活到下午两点，终于做好了冰皮月饼，除了加了菠菜汁与火龙果汁的冰皮月饼可看，还有只加了牛奶的原色，其他颜色全让人想哭，别说吃，多看一眼的想法都没有。

人生就是这样，很少有让你全盘满意惊喜不断的，但凡有那么一样两样可你的心、满你的意，便是收获，就不会对生活绝望。其实从开头，我就知道可能会有风险，上次煮蝶豆花水做饺子，就有这样的变故，我以为煮的时间短，就不会有意外，不会有失望，谁能想到，哪怕没有什么煎熬，它还是要变的。

不管做什么，方法重要，方向重要，原材料的本质更重要，很多东西，它骨子里就是善变的，哪怕你再珍惜，它要变，也只能由它去。

冰皮月饼还是原味的好，没必要添加太多的东西，世人皆爱锦上添花，能够雪中送炭的才是真朋友。爱吃冰皮月饼的人，都是内心柔软的人，就像冰皮月饼一样，冰的是皮，软的是心。

早餐美好，一天美好

小时候，奶奶总要在清晨五点前起床，做一家人的早餐。明明生活并不富裕，但奶奶总能做出香喷喷的早餐，让家人吃得饱饱暖暖的去上班上学。

我妈更是一个花样百出的，人家的早餐要么是馒头就咸菜，再来一锅大米粥，我妈就不同，她是一个极爽利的，别人家的主妇三小时整一顿晚餐，一小时搞一顿简单的早餐，我妈最多半小时，早餐搞定。晚餐更是快手，三四个菜配主食，最多一小时。而且她用过的厨房清清爽爽、整整齐齐。她是一边做饭一边收拾，累是肯定的，很多擦台抹锅清洗灶台的工序要比人家多做几回，很多人家做好饭菜后，厨房里零乱得像经历了世界大战，锅碗瓢盆散乱无章。我妈将饭菜摆上桌，再看厨房里，就跟没人进去过似的，锅净、盆干、灶台无油无尘，所以我家的清洁剂总比别人家用得费。但这费的只是小银子，让家人看了舒服，是大金库，因为心情好了，胃口就好，身体就好，与人相处也会和谐温暖。

　　这一点，我得了妈妈的真传，做饭快，厨房干净，强调摆盘，注重健康养生。可我这么注意养生，头发依旧掉得下雨似的，到处找原因，换了不少洗发水，甚至跑去养发店，无一有效。看来人聪明，发量就少，正所谓是"聪明的大脑不长毛，贵人不顶重发"，所以我的未来肯定是一片光明，日子越过越好。

　　小时候家里条件不错，也许是因为我妈一开始只生了一个孩子，那就是我。可奶奶觉得只有一个孩子太可怜了，尤其是周边人家一旦有孩子因病或因这样那样的意外离开人世，或者变疯变傻，奶奶就转达给我爸，说再生一个，两个孩子，保险。于是便有了我弟。我弟因为奶奶的劝说来到这人世间，简直就是来还债的，反正他从小就乖，从不惹事，更不生非，学习从来不用人约束提醒，天天闷头苦学，从小学到大学，全是好学生。

而我就像一个讨债鬼，从小鬼点子多，换着花样地淘气，学习嘛，只要用心学上半个月，就能考进班级前三，心思一多，就掉到十几名去，但至少我是将课本从头读到尾的。不少同学根本就是和尚念经，老师说什么，他们是左耳听右耳冒，至于课本更是很少翻。哪怕期末考试了，书早就花了乱了破碎了，但内容基本没读全，只是一味在上面涂涂画画，反正是不长心的，从来不知道读书是为了自己好。学习好了，才能考上高中、大学，才能找一份稍理想的工作，至少不用风吹雨淋，忧心一家人的一日三餐。

初中时的一个男同学，上课认真听讲，从来不乱动不说话不吃零食，但作业多数不会做，我总觉得老师讲什么，他根本没听，至于当时他在做什么、想什么，只有他自己知道。反正是没考上高中，直接上班了，从临时工开始，后来觉得太没前途，干脆自己打自己的工，在医院门口摆摊儿卖水果，一卖三十年。

前年同学聚会，得知他还在路边摆摊儿，东北无情的北风将他吹成了老汉，肤色黝黑，腰颈已弯。如果我与他站在一起，可能会有人以为我是他的女儿。看得心酸，想起自己从小到大走过的路，好在关键节点，都有一个稍好的结局。

那时同学多是在上学路上一边走一边吃早餐，夏天还好，早晨的温度适宜，最低也有20℃，可是到了春天、秋天，早上的温度只有0℃左右，顶着风走路，再仓促地大嚼早餐，有时是馒头、包子、玉米面饼子，或者干脆就是一根麻花、油条，纯粹是干咽，没有粥水，没有饮料。我妈可不愿意，她可不想自己的孩子吃一肚子的风，喜欢睡懒觉的她总是早一点起床，5点30分就开始在厨房忙碌。那时是7点上学，7点上班，只要我们在6点40分前出门，就不会迟到的。

我妈有40分钟到一个小时的时间做饭。她捅燃了炉火，洗米煮粥，将菜蔬洗好爆炒，或者煎几个鸡蛋。如果时间来不及，那就把剩饭加热，将腌好的小咸菜盛进小碟子里，淋点香油，再加一点碎香菜。如果是冬天或者春天，那就是秋天晒干的香菜，只需要放点水洗洗，切碎即可，香菜是很有骨气的菜种，哪怕干成薄薄的绿纸片，调进菜里，依旧香浓撩人。

我喜欢吃香菜。因为从小到大吃惯了妈妈的菜，而她做的菜里，几乎都要放上一丁半点的香菜。她觉得香菜清新，不但能打开胃口，更能起到增色与调味的功效。还有辣椒油，妈妈将东北的辣椒晒干，没事就取两三个剪成碎粒，将油烧热，哗地淋到辣椒面上，顿时满室生香。虽然说是辣椒油，但辣得极有限，只是香，跟芝麻似的，尤其是辣椒的籽，香得跟烤熟的芝麻似的。

有了粥，肯定是不饱人的，哪怕当时以为饱了，到了9点10点，肯定饿得前心贴后背。我妈要么烙饼，要么将剩馒头馏热，或者干脆煎馒头片，还要沾上鸡蛋液，那叫一个香。等到我长大到南方工作，在茶餐厅里吃到牛油西多士，顿时来了熟悉的感觉，这不就是我妈最惯做的煎馒头片嘛，只是将馒头换成了吐司，豆油换成了黄油，味道真的差不多，只是黄油煎的西多士更香一点。

如果只是大米粥配馒头片，加上小咸菜、煎鸡蛋加土豆片（或者清炒大白菜、炒萝卜丝、香芹炒肉丝一类的快速小炒）、咸鸭蛋就是早餐的全部，那你可真小瞧了我那最时尚的老妈。我妈觉得早餐不丰盛，一天都没有好心情，所以早餐要做到力所能及地丰富，小咸菜肯定不能只有一样，至少两三样，腌黄瓜、腌萝卜、腌地环、腌芹菜胡萝卜，蒜茄子肯定不能上早餐桌，我妈说吃了蒜，一整天都不清爽，别人跟你说话都嫌臭，自己也觉得臭，一天不舒服，咱可不能害人害己，只能晚餐吃。反正要臭，也只臭自己，何况睡前一刷牙，味道就淡了，一夜好睡，第二天又是清爽的一个人。

咸菜总要摆上两三样，要么是各自占一个小碟子，要么干脆挤在一个碟子里。我妈还觉得不够丰盛，要么摆出几块饼干，或者槽子蛋糕，当然只是为了让眼睛舒服，没人肯吃。

反正我妈就像一个资本家的大小姐，特别愿意搞花样，从来不肯简单生活。哪怕现在七十岁了，还是热气腾腾地生猛着。我很羡慕她，哪怕历经风雨，总能看到太阳的光辉灿烂。当然如果犯懒，我妈就会懒洋洋地塞过来一元钱，让我去打油条豆浆回来当早餐。我是极不爱吃油条的，总觉得大清早吃了，一个上午油腻腻的，但母命不可违，我就不情不愿地去买早餐。

如果路上遇到起早上学的同学，他们羡慕地问我你家早餐吃油条哇！这顿时让我得意，觉得油条也不错，但只肯吃一根，不像我弟，明明比我小，却能吃两根，也不嫌油腻。虽然从小到大，我与妈妈总不对付，但我知道她是爱我的，只是不善于表达。她火爆的性格一直是我的心病，可是等我长大成人，才发现我与我妈越来越像，这真是一件悲伤的事。好在我一直努力去改，尽量地温柔和气。

但我妈爱美爱生活的传统很好地遗传到我身上，哪怕一个人，我也会做精致又美味的早餐，我的女儿一一从小到大看着我折腾，我相信她长大以后，也会像我一样烹饪精美的早餐。

因为早餐的美好，让你一天都有精气神，仿佛世界温柔，人人爱我。

他山之石，可以磨牙

我不想念你，因为你会忘记我

我不想念你，因为你会忘记我。

月初读到作家黄啸关于《走出非洲》的书评，非洲那片土地干燥少雨、广袤无迹，生活在那里的人们随性安逸，特别懂得享受点滴的欢乐，对生活不奢求，亦不追求，这对勤劳勇敢勤俭勤奋的中国人来说，是不可想象不能理解的。

说到非洲，我就会想起纪录片《动物世界》里上百万动物大迁徙的画面，"南方的天际流云变幻，隐约露出了乞力马扎罗山暗青色的山麓"。我曾无数次地向往乞力马扎罗山，非常羡慕非洲人与大自然合为一体的自在，他们没有更多的功利心，就想过好今天。

然而全人类对于感情都一样，渴望

着一生一世永恒的爱情、真挚不变的友情、稳定坚固的亲情。在表达方面，亚洲人低调内敛，美洲人热情奔放，欧洲人浪漫又委婉，而生活在非洲的人们却是另一种表达方式。

因为黄啸的书评，我夜半找出小说《走出非洲》，一字一字地细读，读着读着，不由得已置身非洲广袤的大草原。《走出非洲》里的女主人公凯伦因家族联姻嫁给了她不爱的丈夫，本就不情不愿，他还害她染上了梅毒，终生不能生育。她爱上了浪子丹尼斯，他也爱她，却只愿意陪她走一段路程，而不是一生。丹尼斯不肯结婚，他讨厌婚姻，他更喜欢自由自在，像一只鸟飞过天空。他带着她玩，在非洲大地上狂奔，快乐是一定的，刺激是一定的，浪漫是一定的，悲伤也是一定的，因为女人总想拥有一个家，有一个爱人，有一个可爱的孩子。可丹尼斯从来都不曾这么想过，他爱她，但他停不了足，他的世界还有很多爱情之外的东西。

一场大火将她苦心经营的咖啡园烧得一干二净，正当她因生意失败而沮丧无助时，前夫跑来告诉她，她的丹尼斯因飞机坠毁而丧生。也就是在那一刻，她终于明白，人生匆匆，如白驹过隙，人们只是过客，不管是这片待开垦的满是生机的无垠大地，还是这个充满未知、有着无数可能的崭新世界。

她经历了一切，又失去了一切，但她收获了内心的成长，不再是一个贪爱索爱的小女人，而是可以独立生活的顽强女性。她变卖残余物品，准备离开非洲。她心底依旧有着责任与担当，所以变得勇敢又强大。她担忧那些陪伴了她十七年的土著仆人今后的生活，在当时的殖民统治下，土著无权拥有土地，如果她离开了，这些人将无家可归，无处可居。

为了这些质朴单纯、跟随了她多年的仆人，她跪在同样是英国人的总督面前，祈求给这些仆人一块居住之地。总督表示无能为力，站在一旁目睹这一切的总督夫人伸出了援助之手，不仅答应了她的请求，还说："你可以得到我的承诺，只可惜我没来得及成为你的朋友，非洲就失去了你。"

女人是这个世界上最美的花，她们善良、共情，无私地给予。不管男人、女人，一生能依靠的，多数都是自己。如果有女人可以依靠男人过上幸福生活，那她是幸运儿，同时也要为自己留好退路。爱是会变的，靠山山会倒，靠海海会干。但更幸运的是女人间的互助，只有女人才最了解女人，也更关心女人。她们之间不是依靠，而是共同成长。

当凯伦回到英国，从前的仆人依旧惦记着她，常常跑很远的路去邮局，请求在邮局门口代写信的印度人帮忙写信，他们讲起最近的生活，希望她还能记住他们，记住他们母亲的名字。但他们又说："我不想念你，因为你会忘记我。"

明明是最真的思念，偏偏不肯说出来。因为说出来，就浅薄轻浮，失了厚重真挚。就像分手的恋人，但凡曾经相爱，都只会希望对方把自己忘记，而不是继续深陷在曾经的爱情里无法自拔。只希望你过得好，余生都幸福，有人爱，有人陪。你把我忘了吧，从此过上稳妥的快乐生活。

关于空难，我本想写点什么，却到底什么也没说。愿世人多点温暖，多说点好话，如果不能，那就闭嘴。我现在看不得丑陋的东西在眼前晃，只能选择闭眼，或者假装没有看到。可几个在航空公司工作的朋友很是感慨，不断地祈祷，不断地叹息。近几年，多少行业的人都过得很不容易，开实体店的、做旅行的、开客栈的，收入减少，有房贷的、有娃读书的、有年迈老人的，个个压得喘不过气来。

愿亲人、朋友安好，哪怕相隔万里，哪怕曾有过嫌隙，哪怕不再相爱，也祝你幸福快乐。即使生生不见，也愿你岁岁平安。相聚时且欢好，别离时勿悲伤，聚是一时，走出才是永恒。

我不想念你，因为你会忘记我。

冬天，靠近温暖的人与事

以为会是个晴朗的周末，还想着去公园里逛逛，晒晒太阳，坐在长椅上读会儿书，如果可以，还想打个小盹儿，当然要穿厚一点，毕竟还是冬天。

深圳的冬天有种奇异的美，它不像北国千里冰封，更没有江南的阴雨连绵，但凡有太阳，就暖得像春天。不，比春天还要暖，甚至能晒出汗来，更像东北的初秋，有太阳的地方晒得发烫，没有太阳的地方非得穿多一件厚外套，一阵风吹来，就哆嗦成一团。

我喜欢岭南的冬天，尤其是有阳光的时候。但凡有一阵雨，气温陡降，一个晚上降个十几度也算正常，就像下了雪的北方，一场大雪初停，非得多穿一件打底衫。

我在北方生活了十八年，真是被冻怕了，一想到回北方过年，哪怕有馋了很久的冻梨冻柿子可吃，有亲人朋友可相亲相戏，有老宅老院可回顾，有暖气有貂皮大衣可保暖，可一想到天寒地冻，先怕了七成。哪怕当年老奶奶在世，我也不愿意回北方过年。冬天，谁不想靠近温暖的人与事？

下午抽空跑到朋友处，她第一次做网络直播，还是做的关于读书方面的分享，更可喜的是讨论培根的《人生论》——十几年前我读过这本书，前几天又特意读了一回，准备与她一起在直播间分享心得。

年轻时读的书，与当下再读，完全是两本书。当年读《人生论》，只觉得培根写得沉重，半信半疑，更别提与自己的生活、工作、感情相连。年轻时活的就凭一个"猛"字，天不怕地不怕，一脑门儿热血。

人是不能一味享用而不付出的。尤其是心有余力有余的时候，但凡有朋友需要帮忙，我总是尽可能地出现。不管是出钱出力，虽然我钱不多力不多，但大份儿的别人来，我可以出小小份儿的嘛，谁让我没钱又没本事呢，这样安慰着自己，便每天活得乐颠颠的。好在只出一点小贡献，朋友们也不计较。有时想想自己这半生真是幸运，总能碰到相助的人，不管自己身处何种逆境险境，总有朋友让我取暖。

老朋友自不必讲，新朋友也是仗义大气的，偏偏多是两湖女子——湖南湖北的女人有种豪气，她们是见过世面，尤其是吃过辛苦后的疏朗大气，是见人失意时的大力推举，而这些友爱，她们从不喧哗，只默默地在你身后助力。

阿桃就是这样一位温暖的湖北女子，她身材纤巧，有着江南女子的明媚，偏偏骨子里的刚强，抵得过爬雪山过草地的战士，我总赞叹她是打不死的小强，她只甜美一笑，黏腻腻地细语："不过是玩，活着嘛，就要玩得开心，做点有趣的事。"不管对人对物，她总有着温暖与善意。我喜欢这样的女子，就像喜欢寒夜里的暖水袋，清晨的一杯热咖啡。与阿桃一起做的读书直播活动很成功，大家都在分享中得到了提升，仿佛打开一扇通往幸福与平安的门。

生活就是由细碎的点滴组成，读书、老友相聚，一起分享美好的瞬间，除了身心的愉悦，更是灵魂香气的碰撞，激起更温暖甜美的滋味。

冬天，就是要靠近温暖的人与事，生活虽然有各种闹心，但因为这些温暖的人与事，你会觉得，生活还是很美好的。

大时代，小人物

二十年前，听朋友说关注了一位六十岁阿姨发在网络上的小说连载，她没事就上去看，一边读一边感叹，有时被感动得流泪。

我还笑话她，我们活着已经很不容易，干吗还要找不自在？我现在就喜欢轻松明快的文字，不管是散文、小说，还是诗歌，但凡说悲诉愁苦大仇深的，一律敬谢不敏，不去触碰。

后来我把这事给抛在脑后，没想到前几天朋友送了我一本书，正是当初我不肯读的网络小说《秋园》。该书几经波折终于在2020年出版发行，没想到一出版，短时间内就卖了近万本，很多专业作家都表示不敢相信写此书的作者是一名没受过什么教育，退休在家带外孙，还要照顾生病丈夫的花甲之年老阿姨。

阿姨名叫杨本芬——我本芬芳，奈何蹉跎。今年八十一岁的杨阿姨从六十岁开始写作，是一朵平凡世界里默默耕耘悄悄绽放的牡丹。她写作是源于她母亲去世时，她突然感悟到老母亲在这人世间经历过的所有苦乐悲喜，都随着人去了，仿佛就不曾存在一般。如何让她的经历、她的人生、她的悲喜让世人知道，让后人记得，让更多的人知道无数的女性曾经历过什么样的生活呢？她拿起了笔，在不到四平方米的小厨房里，利用一切可以利用的时光写作。

她一字一字地写、一页一页地写，等到《秋园》写好，手写的稿子竟重达八公斤。如此的勤奋、如此的专注，除了因为热爱，更因为从小求学不易，杨阿姨十二岁才插班入读小学四年级，但凡历尽艰辛方能拥有的，都会特别珍惜。生活的苦似泉水不绝，为了生活、为了弟弟们，她草草地报考了一个中专学校；又为了能多挣点钱，同时方便照顾孩子，她申请专门上夜班，每天另有四毛钱的夜班补贴。

如今人们大约无法体会那时生活的艰难，可杨本芬并没有浸染到世俗生活里，她不打麻将、不八卦，有空就读书，所有读过的书几乎都成了她血与肉中的一部分。等到她开始写作，一落笔，无数文字就像喷泉般啸涌了出来，所谓厚积而薄发。

《秋园》不是职业作家的作品，并不太在乎文字的深度和广度，她就是把她的生活、妈妈讲述的历史忠实平淡地写了出来，那么自然，那么真实。偏偏最让人落泪的，就是这些经历了苦痛灾难后的坦然平静，如静水流深，如夏夜星繁。

她的书会让人联想起余华的小说《活着》，但和余华里的福贵不同。福贵是个浪荡子，游戏人间半生，等到想好好生活时，家人先后没了命。就像人生必得平衡一般，前半生苦，那后半生怎么也得有点欢喜收获；而前半生太享乐、太纵欲，后半生就多半蹉跎坎坷。《秋园》里的每个人，都在为活着打拼，都想让自己过好、家人过好；每天睁开眼睛，就是想着怎么活下去；身边的亲人逝去了，也没什么好追究去报复的，除了落泪，依旧是努力活下去。

作者自叙时，这样写道：

我一生都渴望读书学习，这个心愿始终没能很好地实现。这一生我都在为生存挣扎、奋斗，做过许多活计：种田、切草药、当工人、做汽车零配件生意……从未与文学有过交集。迄今我也并未摆脱生活的重负：老伴年事已高，有糖尿病和轻微的老年失忆症状，我必须像个护士一样伺候他。然而，自从写作的念头浮现，就再也没法按压下去。洗净的青菜晾在篮子里，灶头炖着肉，在等汤滚沸的间隙，在抽油烟机的轰鸣声中，我随时坐下来，让手中的笔在稿纸上快速移动。在写完这本书之前，我总觉得有件事没完成，再不做怕是来不及了。

很久不曾读这般充满苦痛却满纸平静淡然的文字，尤其是杨本芬在八十九岁的母亲去世时，在她的衣袋里发现了一张字条，短短几行字，就是母亲的一生。

1932年，从洛阳到南京。1937年，从汉口到湘阴。1960年，从湖南到湖北。1980年，从湖北回湖南。一生尝尽酸甜苦辣，终落得如此下场。

突然想起我的奶奶，她四岁随父母离开山东到吉林讨生活，刚刚认定这里是故乡，就嫁给了从未见过面的爷爷。爷爷家里穷，娶了媳妇就想去黑龙江闯世界，两个人各背一个包袱，一路辗转到了黑龙江，不管是火车、轮渡、马车，还是步行，怀着孕的她从不叫苦，只默默跟在大长腿的爷爷身后——爷爷身高183厘米，而奶奶不到150厘米，她只求跟上他，不被汹涌的人群把他们冲散，步子迈得极大的爷爷别把她落下。

以为黑龙江就是她的终老之地，没想到变革的脚步这么快，没等到她含饴弄孙，东北这个重型工业基地就走上了改革的路，叔叔、姑姑毅然离开家乡，回到老家山东重新打拼。怎么办？七十岁的爷爷身体欠佳，不能离开儿女的照顾，奶奶立即又收拾行李亦步亦趋地跟在儿女和丈夫身后，只怕汽车开得太快，一个不经意，就把她给甩下。

她一生没有上过班，没有收入，没有退休养老的工资，这世间可以依靠的，除了一手养大的儿女，就是天天吃药只能缓缓行走的丈夫。在她离开人世前的两三年，也总会叹息："日子越过越好，可我老了，活不下去了。"

奶奶一生好强，擅于规划日子，虽然她长得实在是普通，但这可遮不住她那颗爱美的心——冬天发芽的萝卜、春天山里刚开的杜鹃，全部被有心的她插在好看的酒瓶里，每天换水，修剪烂根，总让房间里有花，有绿意。还有夏日里的庭院，秋天里挂满晒架的果蔬，到了冬天，家里各种菜式变换着上，茄子干、香菜干、豆角干，就连西红柿都切碎了煮熟密封起来，跟西方的番茄酱有着异曲同工之妙。

我的奶奶，她吃尽了生活的苦，却总是在苦难中钻出棵小苗，颤巍巍地开出朵花来。

放下书，对着窗外似有似无的落日，缓缓擦干眼里的泪水。是的，我们要努力活下去，活得好，活得美。

温暖别人，温暖自己

今年最火的电视剧，非梁晓声的同名小说改编的《人世间》莫属。尤其是20世纪六七十年代生人，还有我爸我妈这些与梁晓声同龄、当年的上山下乡青年，观之落泪，好评如潮。

我与剧中的主人公年龄相差十多岁，却同样生活在工厂区，有着相近的成长经历。住在公家房，上着公家班，拿着公家粮的爷爷、爸爸两代人，正是《人世间》里的原班人马，如剧中描述的一样，领导干部清廉正直，工人勤恳老实，东北女人热情泼辣。虽然生活艰辛，但一直有着仗义助人的亲邻。

我爸一边看一边骂，好像自己跟主人公一样经受了多少委屈似的，我妈是一边看一边掉眼泪，仿佛重新走了一回青春，虽然生活艰辛，却总能找到点滴欢乐。

在朋友的强烈推荐下，我捧起了原著，厚厚的三大本。其实我是怕的，我很怕读长篇，好的长篇就像吃人的怪兽，你一捧起来，就投进了黑洞，哪怕读完也时时回味，久久走不出来；差的长篇就像遇到渣男，你避之不及，哪怕投入成本巨大，也得马上甩手就走，假装从不曾相遇。

这一读，真是身心俱损，梁晓声的长篇小说《人世间》让我又一次不想吃饭、不想睡觉，只想一次读完，仿佛遇到一个我痴恋的百分百男人，哪怕他不喜欢我，我也要一味痴缠。正所谓是老房子着火，不可救药。

我曾经非常喜欢读书，尤其是小说。三十五岁前的我，常常因为读小说而夜不能寐，第二天红肿着眼睛、黑着眼圈去上班。不知道是承受了生活太多的苦，还是享受了生活太多的甜，不再喜欢读小说，而是喜欢短小的散文。

散文的好处就是你有时间扫一眼，有事放下过几天再拿起，一点影响也没有。散文不论长短，要么是对人对事的留恋怀念，要么是对人对事的思考感受，大多是不影响生活的琐碎小事，哪怕隔了半年再读，书中的人与物依旧在，不会断了关联。

而小说不一样，它就像一个刚刚陷入热恋的女子，非得一股脑儿地看完，稍微放松一下，她就要与你闹脾气，耍小性子。尤其是长篇小说，宏大叙事、人物众多，隔两天再看，发现故事情节、人物性格、喜恶偏好全部发生改变，你读的仿佛不是原来的那本书，而是全新的一本，甚至要从头翻阅，避免串线。

小说就像一个大家庭，你是谁，要成为怎样的人，父母兄弟谁偏爱你，你喜欢谁，谁害过你，谁又保护了你，分分明明，要有脑，要拎得清。而散文却像一个工作单位，你离开，你存在，并不重要，重要的是有一个这样的大环境，保你衣食无忧，精神有所寄托。当然没有散文、没有小说，你都可以健康地活着，只是活得有些寂寞，百无聊赖，恍若单身多年却没有任何个人爱好的老姑娘，慢慢变得偏激又固执。

我喜欢散文多过喜欢小说，那我是喜欢单位多过喜欢家庭吗？我暗自问自己，一时有点拎不清。

《人世间》是一部鸿篇巨制，以一个小工人家庭里的三个儿女的成长，谱就了一部东北工人的史诗。可如果没有改编成电视剧，也许并没有几个人想去找原著细读，这就是普罗大众的生活，一窝蜂似的去追逐些什么，才算没有被社会抛弃。

书里的世界，是我的童年、少年与青春时光。虽然我比男主人公年纪小了一大轮，可书里的工厂区、男人间的义气、女人的大气，就是我从小生活的城市，那里的男男女女——我的爷爷奶奶，我的叔叔阿姨，我的兄弟姐妹，一起堆砌出来的温暖世界。

开篇出现的是枪毙现场，男主人公周秉昆的朋友涂志强因醉酒打架误杀了人，秉昆又害怕又心痛，躲在人群里不敢出来。这让我想起20世纪70年代末，我居住的小城也有这样的场景。我曾亲眼看过游行的大卡车从我家门前的柏油马路上缓缓驶过，穿着黄绿军装的警察挎着枪，正义凛然地站在即将行刑的犯人身后，那些犯人有男有女，很少有重刑犯，有的是盗取公共财产罪，有的是偷窃罪，有的是流氓罪严打。那个时代已经过去了，我虽未亲身经历20世纪60年代，但20世纪70年代还有着依稀的回忆。

昨天看到一个小视频，一个在郑州打零工的五十二岁男人，满脸沧桑，衣着老旧，他将别人吃剩的盒饭与自己买的盒饭拼在一起，这就是他当天的午餐兼晚餐。因为接不到零活，为节省费用，他吃住在桥洞下。记者问他每天要用多少钱来维持生活，他说从洛阳过来省城找工作，带了二百多元钱，可五天只接了一天活儿，赚了二百块，就再也找不到活儿了。现在身上就剩下五十多元钱，家里的两个儿子一个二十二岁，一个才十一岁，他所受的苦只能默默地承受，不想让家人知道，尤其是孩子，只希望儿子好好读书，有个好身体好未来。

明明诉说的是最苦的日子、最难的艰辛，但全程他眼里有光，嘴角有笑，随身破旧的背包里还装着一袋白糖，说是渴了就加一点，自制的饮料可甜嘞。

就是靠着这么一点甜，五十二岁的男人顽强地支撑着苦难。我看得泪落不止，这才是底层大众生活真实的一面，是手停口停的底层百姓。而这一幕，早在三十年前，我的家乡——《人世间》的场景发生地，就已天天上演。一群为单位奉献完青春，以为可以安度余生的中年男女，突然间沦为下岗职工。四五十岁的汉子拎着铁锹站在路边，不管是夏日酷暑，还是严冬腊月，他们或站或坐，聊天讲笑，好像无忧无虑，吃穿不愁。

可一有大卡车停下，看到里面坐着找人做苦力的工头，他们就一窝蜂似的挤过去，争着抢着爬上大卡车的敞篷车厢，挤上去就可以有三五十元的收入，运气好一点，能赚八十、一百，那就太幸运了，老天赏饭吃。现在三五十元不过是一包烟的价格，可在当时，这三五十元钱，却是一家人的生活费，上有苦累了大半生的老人，下有上学读书需要补充营养的孩子。虽然每家都只有一个孩子，可日子依旧艰难，但生活再苦，那也是自己心头的宝贝。再苦不能苦孩子，不能让孩子吃不上肉，上不了学。

我曾听妈妈说起隔壁余叔叔下岗，实在是找不到工作，一家人愁得很，却也不好意思开口借钱。余婶也下了岗，儿子才读高一，什么都需要钱。本是科长的余叔到底放下了面子，找了他爸的破棉袄，与一群同样艰难的旧同事挤在马路边，终于赚到了一百元钱。回到家，已是夜深，他叫醒刚刚熟睡的妻子，叫她起来做饭，说完举起一条冻成半月形的五花肉，说，咱几天没吃肉了，来，炒个五花肉，咱俩喝一杯。

讲完我妈叹息，说这男人赚点钱就知道吃喝，一点也不会省着过日子。我却明白，余叔只是想让日子多点滋味，不能因为苦，就少了光亮。

东北人的骨子里有着不服输、不怕苦，只要给点阳光就会灿烂的血性，就像春天的蒲公英，刚刚有点暖意，它就钻出冻得邦邦硬的土地，最早发出绿意，最早开花，最早结果。当有狂风吹来，果实飘落到它能到达的世界各地，只要有土壤，只要有一滴水，它们就能够落地生根。作为共和国的长子，东北这片土地上的人，享受了最初的繁华，也挨尽了成长的艰辛、最早独立生活闯世界的辛酸落寞。但不管什么样的环境，东北人都会笑着面对烈日、面对风沙、面对海浪。

　　一晚上读了上百页，眼泪流了又流，笑脸也多次绽放，为那些熟悉的、曾经走过我生命的亲人、邻居、同学与朋友。那些苦中作乐、不放弃人性光辉的人，虽然生活条件差，但他们身上散发出来的善良刚强，汇聚成这人世间最亮的光，让我们有勇气面向未知的明天。

长安米贵，居大不易

兰芝二十六岁的儿子抽中了网红新楼盘的购买权，激动得她睡不着觉，大半夜在群里发了一百六十八元的红包。我以为只有我没睡，没想到瞬间涌出十一个抢红包的，纷纷发了表情包祝贺就没了动静，依旧还是兰芝一个人的舞台，感恩多年来遇到的好人好事，差一点就凑成一封热情洋溢的感谢信。

我一边为她高兴，一边为她叹息。本来她曾拥有四套房，全是城中好地段——罗湖区的学区房，南山区的海景房、学区房，宝安区的养老房。十几年前，家里的生意遇到麻烦，她先生是个热爱事业的人，叫她立即卖房用于公司周转。罗湖的老学区房一直出租，卖了省心；宝安的养老房是套大复式，五千多一平方米买的，现在涨到一万多，卖！一家人正住在南山的海景房，海边潮湿，兰芝的皮衣受潮脱皮，还有不少好茶叶也发了霉。当初七千多一平方米买的，现在快两万了，立即卖掉，就怕别人知道海边住着不舒服，没人肯买。最后只留下南山区南头关附近的学区房，贪其离地铁近，楼下又有超市和公园，生活便利。

兰芝将四百多万的卖房款全用于公司周转上，没想到两年内就打了水漂。好在先生是个大气的人，依旧身体健康心情开朗，公司从七十多人减到六个人，从六百平方米的写字楼搬到了一百平方米的园区办公室，十年过去了，每个月的订单足以保证公司运转，年底还有奖金呢。

两年前，兰芝有了些存款，便想买套房，儿子就要研究生毕业，总该有套婚房。这一看房，吓坏了，当初卖掉的宝安老房子涨到了十万一平方米，罗湖的学区房也快十万一平方米了，而南山海景房居然涨到了十三万一平方米，吓得老夫妻相对无语，悔恨当年的任性，卖啥不好，居然卖房。不能想，一想就吃不下睡不着恨不得夫妻对打。

好在去年深圳出台了限价措施，今年又限了二手房房价，否则同一片区的二手房卖十五万一平方米，新房卖八万一平方米，但凡有新楼开盘，跟抢大白菜似的。兰芝的儿子去年谈了个女朋友，想今年结婚。兰芝看着优秀的未来儿媳妇，越看越欢喜，还有这么不计较婆家没钱没婚房的女孩子，太珍贵了。儿子不想给父母压力，说不用操心，他已长大，该为自己的生活打拼。可为人父母哪有不为子女操心的？何况夫妻俩都觉得自己不差，在深圳打拼了二十五年，难道给孩子买套房都买不起吗？

好在天无绝人之路，儿子第二次排号买房就抽中了，旁边的二手房卖七万多一平方米，他抽中的新房只要五万一平方米。兰芝开心得睡不着觉，感叹全家人终于在深圳站稳了脚跟。

当年白居易去长安找工作，先到文学老前辈顾况那拜码头，顾况是个顽皮的，听到他的名字，便逗他："长安米贵，居大不易。"等读了白居易写的诗，立即改口："道得个语，居即易矣。"立即与小白做朋友，帮他在长安扬名立万。

绅士的咖啡

小说《莫斯科绅士》里的男主角名字叫作亚历山大·伊里奇·罗斯托夫伯爵，他是一位真正的绅士，才华与智商兼备，永远优雅淡定，生活有规律。他的早餐是一壶咖啡、两片饼干，再加上一块水果。而我，只要在家里做早餐，肯定比伯爵丰盛十倍。

我是生活在自己家里，而不像伯爵一生被锁滞在酒店。虽然是五星酒店，但他不是尊贵的住客，而是囚犯。作为应该被剿灭的沙俄时代前贵族，他被苏俄政府一纸勒令，终身不可以踏出克里姆林宫对面的大都会酒店一步。他的住所也从一间高档客房变成了酒店拐角处的幽暗阁楼，不是住一天、一周、一个月，或者一年，而是一生。

我从小到大都不喜欢读俄罗斯的文学作品，小时候的《钢铁是怎样炼成的》，还有《安娜·卡列尼娜》把我吓坏了，不仅不喜欢，还本能地排斥。名字冗长，人物繁多，根本记不住谁跟谁，哪是哪。然而《莫斯科绅士》的作者并不是俄国人，而是一个地道的美国人——1964年出生在波士顿的埃默·托马斯，他在耶鲁大学和斯坦福大学毕业后，以《莫斯科绅士》跻身美国一线作家行列。他的文字并不深邃，却让我着迷，他将哲理蕴含在温情的细节里，一饭一蔬，一言一行，哪怕是品尝一杯品质低廉的咖啡，无不透露着绅士的高贵，与人世间的温情。我常在细读时失控，联想到自己，想到最近的工作、生活、朋友与曾经的爱情。

我曾是雀巢咖啡爱好者，贪其香甜，尤其是甜。当我品尝到蓝山咖啡的味道，便再也不能忍受这廉价的带着塑料气息的人工咖啡，可蓝山咖啡不仅贵，还特别难得，2000年以后，我几乎没喝过正品蓝山，但喝咖啡的习惯已慢慢养成，自己买咖啡豆、打磨、手冲。尤其是这几年，但凡在家里吃早餐，肯定要配一杯香浓又清苦的斋啡[1]，我已不愿意加牛奶、糖，甚至一度迷恋的芝士，也拒不接受。

人不是一下子改变的，一定是因缘巧合，在某一个瞬间体味到不同的滋味，知道人生实际上并无定式，唯有简单纯粹才是最好的选择，也是最好的起点与最好的终点。可没有谁能够

---

[1]斋啡：斋，源自粤语文化，意为单调乏味，在饮食上指不加馅料或调料。斋啡指不加糖和奶的咖啡。

这么幸运，我们总是走着走着就尘霜满面，从透明变成了中立的灰，偶尔还是沉重的黑。我现在每天喝一杯斋啡，当然品质要好，要手磨，要名庄，要水温适合，要漂亮的咖啡杯，还要有一个安静的环境。光是这一杯咖啡，就比困居在酒店里的伯爵强上不止百倍。虽然他的起点高贵，可他生逢乱世，哪怕年过七旬，终于逃出困守了他大半生的酒店，但他的未来，除了疲惫苍老地死去，并没有更好的选择。

而我不同，除了活得更好、更安定、更从容，我的未来、我的老年，简直可以用春暖花开来形容和贴切定义。当然这是理想，也是梦想，更是必须努力追求的明天。生活在这样一个温暖向上的国度与空间，我们的未来，我们的老年，当然不能让自己失望。

有时候，读书并不是为了体验不同的人生，而是知道如何少走弯路。看到主人公走的路是通往地狱还是天堂，本应吸取教训，可后人哪有听劝的？即使读了这些书，依旧会往前撞去，不为别的，只是想让自己的好奇心得以满足，非撞得头眼乌青，才知道自己应该吸取前辈的教训。

一边翻着书，一边慢慢饮下刚刚冲好的咖啡，配一片煎得油亮酥脆的吐司。咖啡香浓顺滑，顿觉悠闲自在似神仙，不，是哲学家。

温暖寒冬的，是爱

　　打了疫苗，实实在在地疼，比前两次都疼。特意打了左臂，想着它不经常用，如果是天天出力气甩膀子的右臂，不定得受多少苦。想法很好，但我忘记了我喜欢左侧睡眠，这下好，蒙蒙眬眬地陷入将睡状态，顺势一翻身，痛得啊的一声，瞬间清醒。

　　受了教训，先转到了右侧，提醒自己睡梦中可千万别翻身，不提醒便罢，这一提醒，竟睡不着了。翻来覆去地折腾到凌晨一点，才在极度的疲倦中昏昏睡去。

　　睡前我特意开了一瓶法国波尔多二级庄的红酒，细细地尝了小半瓶，一来酒后易入睡，二来怕自己睡梦中过敏，万一没了命，至少还喝了好酒，离开这不曾更多体味的繁华人世，也没那么多遗憾。当然，如果有一个爱我的、我也爱着的人在身边，在睡梦中自然死去，必是世人最最如意的离开人世的方式。

曾与几个朋友讨论死亡，既然死亡是避免不了的，那就坦然面对，最好提前做好安排，这样就多了底气，也少了悔恨与不甘。每个人都怕死，因为死代表结束，不管是谁，伟人还是凡人，对于明天都有不少的期盼，想多陪爱人，想多去旅行，想赚更多的钱，让更多的人受益，或者想出书，想出名，想升官，想有块田……

是人就有欲望，不管是谁，欲望都不可能达到满足，有了一，你想二；有了二，你想十；有了十，你又想万，这是人性。但死亡代表了一切的结束，哪怕你正一把火儿似的筹谋准备规划，当意外来临，谁都没办法改变。

提前讨论死亡，规划好未来的生活，这不失为一个好的解决办法，至少对猝死者有用，家人不遗憾，自己也不悔恨。对于死亡的方式，我最希望在睡梦中死去，当然要在离开之前先安排好身后事——爱恨情仇全部放下，女儿的生活做好了安排，父母的养老也必须提前做好准备，至于其他，听天命，尽人事，由他去吧。

这一生，说匆匆，也是匆匆，反正离终点越来越近。当然怕，但也多了坦然，既然如此，那就这样吧！这是我们对生、对死、对一切的态度。你来，我欢迎，你走，我不会强拉住你。

终于熬过了三天，疼痛稍减，酒瘾顿起，想约朋友喝酒，却无人应和。清晨醒来，转到湖边的餐厅，哪怕一个人，也得吃好一点，不能让生活质量降低到自伤自怜的阶段。

正吃着现蒸肠粉，朋友带着两个儿子来喝早茶，两个不到七岁的孩子小猴子般左右攀爬在她身上，一会儿挂着，一会儿坠着，没一刻消停，而她一直是耐心温柔的笑脸。这让我羡慕，想起当年的自己，对女儿可没有这样的耐心，当然女儿也不像她的两个儿子那般顽皮。

空气很凉，不是北方冬天的寒，而是南方冬日的湿，哪怕太阳当空高悬，湿冷的感觉像条蚯蚓，不断地往身上爬，使你不断地发抖，不停地喝热茶，吃热点心。然而对面的妈妈一点也不觉得冷，不断与两个儿子沟通，帮他们夹菜，我忍不住微微地笑了。

温暖寒冬的，从来不是食物，而是爱。

能享富贵，也能安贫

做人还是要简单一点，欲望低一点。

如果你总是待人以严，待己更严，肯定不快乐，身边的人也不大可能喜欢你。哪怕你才华出众、品貌俱佳，爱你、欣赏你的，也会随着时光的推移慢慢淡去，而怨气渐渐涌起，除了背后的指责，当面也开始没了好脸色，直到你终于开始怀疑自己，甚至抑郁。

读书是条最便捷的明理之道。看着书中的悲欢得失，你会联想到自己的生活，明白傻人有傻福是有道理的。你要求越多、条件越苛刻，那不管物质生活如何优渥，很难快乐。

最近重读加西亚·马尔克斯的《霍乱时期的爱情》，少女费尔米娜初遇穷小子阿里萨，出于好奇与对父亲的反抗，她与阿里萨偷偷相恋。可当她经过游历，再次见到阿里萨时，她却"惊慌地自问，怎么会如此残酷地让那样一个幻影在自己的心间占据了那么长时间"，并对他说"忘了吧"。她听从父亲的安排嫁给富有又有名望的医生乌尔比诺，成为他忠实的伴侣。两个人在彼此探索、争执与平静中度过了五十一年九个月零四天，乌尔比诺意外死去。在葬礼上，一直未婚却情人不断，终于从穷小子打拼成有钱人的阿里萨又涌起了对费尔米娜的爱与追逐，两个人在旅途中重拾旧情，于是船长升起了一面代表霍乱流行的黄旗，护送着这自我放逐但永不分离的爱情。

初读此书时，我还没有遇到爱情，不懂爱情，更不懂生活的意义。时隔二十年后再读，我终于明白费尔米娜的选择——理智的女人容易成功，却很难快乐；而情感占上风的女人容易幸福，却很难成功，或者说获得世人的认可。两种选择代表的是不同的生活方式、不同的三观。我是一个长期徘徊在理智与情感中摇摆不定的妇人，所以这半生喜忧参半，如果重活一回，我想，我依旧会做当年的选择，过同一种生活。

最近总是加班，起早贪黑的，肤色暗沉，双眼干涩，累是实实在在的累，不管是肉体还是精神。面对全新的同事与领导，需要重新适应不同的工作方式、不同的思维与不同的待人处世标准。人到中年，最怕面对变化，但也由不得我，于是打起精神，努力适应、改变、融入。虽然我早就对自己说：要活好自己，不再融入新的生活圈子，我就是我，自在欢喜。可这不是简单的圈子，是我赖以生存的工作圈子，除了适应与融入，并没有其他选择。

最近没空做早餐，常常在路边小店解决。如果两年前的我，肯定会心有不甘，甚至悲悲戚戚自哀自怜。现在却常常感叹味道不错，甚至路边千道油炸出的油条也吃得喷喷香。

虽然工作繁忙，但几个老友仍抽空相聚，一起吃饭，喝酒，聊天。人到中年的我们都明白了一个道理，如果你每天都能得到自己想要的，甚至会得到一些你意想不到的东西，那就是上天的恩赐，必须感恩生活，感恩拥有。就像费尔米娜在彼此相依相伴了五十一年的丈夫刚刚逝去，就收到年少时恋人的表白，她从最初的愤怒，到最后的接纳，就是因为明白余生不能活在悲痛里，而要享受当下，过好每一天。尤其是与年少的初恋情人在一起，不仅内心安定，不用怀疑自己的初心，她爱的当然是年少的他，而不是他现在拥有的财富。尤其是七十二岁的她，还能有人爱慕，有人亲吻，有人陪伴，她只觉得自己幸运，甚至觉得自己依旧年轻貌美，充满了女性的魅力。她对这个世界的欲望奢求渐渐消散，什么名誉身份地位，什么儿孙体面朋友，她都不要，只想与身边的男人安度余生。每一天，她都感恩自己的现在，活得快活，活得恣意。

虽然每天都会有新压力新挑战新失去，不知道会面对什么样的境况，但现在的我常常对自己说：我得到的，我能够拥有的，肯定就是世间最好的。

不管以前种种，当下的一切，就是最好的结果。因为欲望渐消，只觉世间美好。

人性的枷锁

喜欢毛姆的文字，尖酸刻薄，又满是深情。

当年捧回厚厚的一本《人性的枷锁》，总下不了手，太沉重了，不仅书重，内容重，文字亦厚重得透不过气来。年轻时多讨厌那个浅薄无知的小妇人米尔德丽德，可随着岁月的增长，见识的增加，我对她竟讨厌不起来。她不过是一个简单的姑娘，贪恋着美色，向往着美好，憧憬着爱情，但凡是个英俊帅气的男人，哪怕没有什么钱，只要会甜言蜜语，就会让她沉沦。不管是男人，还是女人，谁不好色？爱美，是人类的本性。

可男主角菲利普天生残疾，他是个

跛脚，哪怕他有钱，还真心地爱上了米尔德丽德，可她就是不能喜欢他。甚至在米尔德丽德生了别人的孩子又被无情抛弃后，菲利普不但养她，还帮她养她的女儿，可她还是没法爱上他。爱从来不是你对我好，我就会爱上你，爱是要讲机缘的。

菲利普从来不懂女人，以为只要是年轻漂亮的姑娘，就可以相恋，等他终于明白男女之间不能仅靠外表吸引，还要有内在，有可以沟通的灵魂，他才醒悟到自己不爱米尔德丽德。但凡他理智一点，而不是一时冲动把流落街头做了廉价街妓的米尔德丽德接回家里，还特别照顾她的情绪，任她乱花钱，让她以为自己可以任性生活，而是逼迫她成长进步，两个人也不会走到最后两相厌憎的结局。

正所谓男人来自火星，女人来自金星，两个星球的人互不理解，还以为都是为了对方好。至于股票投机，更是每一个渴望赚钱、想快速致富改变生活的人的必经之路。因投资股票破产，流落街头的菲利普在经过无数的磨难后终于明白，自己要过怎样的人生。

人生本无意义，只有赋予人生意义，它才有了光彩。最近读书很少，眼睛总是不舒服，读一会儿就累。好在还有些不费眼的方式——朋友相聚。大家说着笑着聊着，讲起最近的生活，说起自己的成长，欢喜就铺天盖地的。我喜欢听到这些真诚的内在反思，肯将内心不光彩的想法、失败的奋斗史说出来的，当然是知己。说到最后说饿了，去找餐厅，一致决定吃日本菜，因为分量小、精致的菜品，才适合胃口越来越小的我们。

说起最近的感受，我们都是越活越自在了，不肯再多付出精气神来应对不喜欢的人与事，越简单越好，甚至宁可饿着，也不愿意与不熟悉、不喜欢的人吃饭。朋友劝我要少喝酒，说她曾有两年酗酒，白天是人，晚上是鬼，不醉就无法入睡，到最后还是靠着个人毅力走出旋涡，可是十年后，身体还是出了这样或那样的毛病，都是那两年的胡闹积存下来的隐患。是呀，你不善待自己，老天都不会爱你。

《人性的枷锁》里的菲利普也是明白了这个道理，他终于认清自己对米尔德丽德的爱是自虐，永远没有结果，甚至只能是恶果，他放弃对她的拯救，不管她哀求还是哄骗，任由她自生自灭。当他开始为自己的未来打拼，拿到了行医资格证，也终于遇到了一个爱他也适合他的女人萨拉，二人幸福地结合到一起。

人必自爱，人方爱之。愿每一个善良勇敢的灵魂，得欢喜，得自在。

陌上花开，爱可以治愈一切

你就是自己的财神

人生实苦，唯有自渡。

今日初五，民间有"破五、迎财神"的习俗。春节有不少风俗禁忌，尤其是老一辈人，初五这天的规矩最多。到了初六，百无禁忌，所以说是"破五"。初五也是"迎财神"的日子，据说这天是各路财神爷的生日，爱财之人，尤其是商人，会在凌晨打开门窗，摆放贡品，给财神爷磕头，祈求这一年生意兴隆，横财就手。其实谁不爱财呢，都希望自己早日成为财务自由的一个，从此活得尽兴自在。

我生在北方，家里没有拜祭的传统，也没那么多禁忌，初五这天会大清扫，将屋里屋外一顿整饬，清清爽爽的，不像前几天那样只扫地擦台。初一到初四，全家躺平，除了吃喝，啥也不干，就连卫生也是马马虎虎。老人家说，这几天必须休息，家里的垃圾都不要扔出去，否则就扔了运气。到了初五，那真是院里院外地忙活，尤其是我奶奶、妈妈这些特讲究卫生的人。到了南方才知道，原来南方也是初五打扫卫生，在初四之前，是不可以将家里的垃圾扔出去的，否则就是丢财。

要是家里房间小、人又多，四天不打扫卫生，那不到处是垃圾，根本站不住脚？这么一想象，自己先笑得像个傻子。我是特别会自己创造欢乐的人，哪怕生活在一个孤岛，也不会寂寞哀伤，天马行空什么都可以拿来想象，每天至少上演十部大戏。

清晨醒来，当然先要打扫卫生，扫阳台，擦地板，做早餐，收拾厨房，正忙得不可开交，朋友打来电话，约我一起吃午餐。我当然不肯去。这并不妨碍我了解朋友们的生活，感恩时代，尤其是科技的进步，在朋友圈里，尤其是几个小群，我知道朋友们的风吹草动，尤其是家庭成员的不断变化、成长。

阿辉的女儿又要换工作了，开年后，她将再一次跳槽，从现在的国际知名公司的中层管理，转到国际著名连锁大公司，虽然还是中层，但以她三十二岁的年纪，已是我们这帮阿姨望尘莫及的高度。

阿辉并不是成功人士，甚至可以说是被时代狠狠甩下的那一拨，年轻时的她好吃懒做、没有思想、不思进取，但她有一个好嫂子——一所知名学校的老师。嫂子是个责任心强的人，看到小姑子实在是不成气候，虽然也是大学毕业，但结了婚，生了娃后，就在自己的小圈子里吃喝玩乐，全无斗志，不会想着怎么教育孩子，不会想着怎么努力让事业更上一层楼，更不会想着与丈夫多沟通、一起成长进步，她就觉得自己考上了学、有了稳定的工作、结了婚、老公还不差——收入稳定的公务员，还当上了科长，那还求啥？她自己也是一名技术员，女儿在母亲的照料下，已经上了初中。孩子学习成绩不好，也没关系，一个女娃，家里条件又不差，将来随便找份工作，自己多出点嫁妆，嫁个差不多的人，做点小生意，也是安妥惬意的一辈子。

女儿读到初二，成绩一直不好，夫妻俩谁也没急，最多嘟囔几句，她嫂子不愿意了。正好侄子考到了上海的名校，家里空出一间房。嫂子征求了婆婆与她的意见后，把孩子转到了自己的学校，接到了自己的家，亲自带。她每天早出晚归，孩子就陪着披星戴月，不到一年，成绩从年级尾，蹿到了年级中上。阿辉有点汗颜，但开心是实实在在的，自己孩子学习好，那肯定是麻将桌上的谈资，同事间炫耀的资本。至于谁让孩子进步，这是无所谓的，反正孩子是自己的。

转眼女儿读了高中，其间有点反复，都被温柔又强悍的嫂子劝服，孩子也曾流泪，说自己的妈妈除了上班下班，就是打麻将、下馆子，至于有没有这个女儿，她只有过年过节的时候才会想起。反而是自己的舅母，一个并无血缘相连的舅母，不是母亲，胜过母亲。舅母才不与她痴缠这些细枝末叶，只劝勉她要努力学习，过好当下的岁月，毕竟每一个阶段，人生都只有一次，万一走不好，再回头，就要多走不少的弯路。

女儿考上上海的名校，阿辉正激动，准备在亲朋好友同事间通告，平素并不多言的丈夫却提出了离婚。这么多年，他心已死，除了工作，就是工作，妻子与女儿，好像与他关系不大。一家三口在一个户口簿里躺了十八年，可真正在一起生活的时光，不超过三年。妻不像妻，女儿亦是别人家的女儿，他想关心女儿，一手照顾女儿的成长，但他不会，而且工作也忙。等到他终于有时间想陪伴女儿长大，惊觉女儿已考上大学，而且是离家千里。他终于明白，这一生完全是虚度光阴，一无所得。恰好有一个同样失落的女人与他相遇，他立即奔向新生，留下阿辉呆立原地，除了号啕大哭，竟找不到抱怨与委屈的理由。

这么多年，她过得太过滋润。工作多年，跟没工作过一样，没有成绩，没有提升；结了婚，跟没结一样，全无对家庭的付出与滋养；生了娃，跟没生一样，没管过孩子作业，没陪孩子去看过医生，没与女儿说过心里话，除了知道那是她的女儿，她竟不知道女儿喜欢什么，讨厌什么。虽然活得轻松自在，可转头看，竟没有一个人在意她、爱她、宠她，虽然她是母亲、妻子也是女儿。母亲亦对她多有抱怨，怨她不懂事，怪她没本事，没有功成名就，没有照顾好家庭。

母亲是医生，虽然退休多年，却义务照顾着小区里的邻居——一群老姐妹与她们的家人。望着母亲家里堆着的大包小袋，全是母亲的朋友或者病人送来的感恩之物。再想想自己，结婚二十年，家里过年过节，丈夫会带回别人送的礼物，自己带回来的只是单位发的节日慰问品，少得可怜，质量亦堪忧。

屋漏偏逢连夜雨，单位效益每况愈下，竟然重组合并，一直处在边缘地带混日子的阿辉，不到四十五岁就早早地退休赋闲在家。怎么办？虽然不愁吃喝，母亲与哥哥都不会让她饿着，可就这样混吃等死吗？

女儿大学毕业前，她鼓起勇气来到深圳打工，虽然只是普通文员的工作，对她来说，却异常艰辛。她会电脑，只是不熟练，除了 Word 文档，连 Excel 表格都做得迟钝。好在一切都在往好的方向发展，女儿也应聘到了深圳，从观澜的小公司、南山的高新园、福田的 CBD，到现在的国际大公司，中间还没耽误结婚、生子，就连进产房的前一天，女儿还在电脑前修改工作方案。望着一脸沉着的女儿，阿辉一脸得意地说，那一刻她终于明白，人活一世，到底该怎么活。

女儿在三十岁前，按揭了一套小房子，不大，只有八十平方米，却是她八年所有。而阿辉能帮忙的，只是最近这些年的积蓄，不到十万，却是她的全部。女儿不肯要，她一定要给，说不是为了自己老了的时候有个居住权，她在成都的房子还在，也许她会回成都养老。但在能做事的这些年，至少六十五岁前，她想在深圳多工作、多生活几年，她不想白活这一场，至少要做点什么，学点什么。

　　女儿让她明白，只有自己才是自己的财神。拜谁都不如拜自己，努力提升、打开眼界，敞开心胸、包容开放，随着时代成长。唯有这样，美好生活的大门才会敞开，温柔喜悦的世界才向你开放。

靠近幸福

　　幸运的我，过了一个完整又美好的大年三十。刚刚从梦中醒来，就收到同事的电话，让尽快上报一些数据，统计可上岗人员。

　　这个年刚开了个头，就要收尾。无须叹息，更无须抱怨，反正做什么抵抗都没用，只需积极面对，这是我用几十年的人生经验得出——反正都要做，含着泪要做、负着气要做、抵制着也要做，那干吗不愉悦又积极地去完成。

　　人是必须走过一些弯路，才能成长壮大。我终于有了进步，哪怕不多，至少学会了少让自己难受。

　　这一忙就是大半天，等到可以闲下来，已过了中午，匆匆吃了点东西，开车去单位整理资料。忙完天色已暗，到家已近6点，一路上人烟稀薄，不管是车，还是人，皆清淡安寂。今年的春节比往年还要清冷，天气不好，总是下雨。不少在深圳打工的外乡人在这儿憋了两年，终于可以回家过年，个个争先恐后地往家奔。这次大家都有了经验，没等放假就提前回家，就怕突然有事，又得待在深圳过年。可谁能想到，大年初一还是收到通知，要求离深的工作人员尽快返城。这一下，返乡过年的人全紧张起来，买票的、开车的，个个急吼吼地想办法回来。

叹息，这次是真的要叹息了。我不回老家过年已成习惯，除了2000年回去陪奶奶，再没有冬天归乡。怕冷已刻在了我的骨子里，哪怕去江南过年，都觉得彻骨地寒，是浸在骨子里的冷。

太喜欢温暖了，温暖的天气，温暖的城市，温暖的房间，温暖的人。正因为喜欢温暖，便时刻提醒自己成为一个温暖的人，温暖别人，也温暖自己。

到家也不得闲，不停地在微信里收听指令，协调安排，这不像大年初一，而是工作的日常，但依旧感到幸运，不少同事冲到了一线，一直忙到了天亮。能体会到领导的无奈无助，他们也难，欲戴王冠，必承其重，哪怕戴上的只是一顶小乌纱，哪怕肩上的任务重得撑不起，也得死扛。年纪越大，越发现成年人生活的悲哀，没有谁是活得一帆风顺、顺风顺水的，各有各的难处，各有各的压力，没有谁是轻松的，却都是值得佩服的，每个人都在用心用力地活着。

虽然情况不容乐观，还是认真地准备晚餐，摆好餐具，又开了一瓶澳洲红酒，细细品味，让疲惫的身心得以放松。

不管何时何地，面对怎样的困难，今天也要幸福生活。不要等到明天才去靠近幸福，而是此刻，让自己的眼睛含笑，嘴角上挑，先让自己感到快乐，幸福就会慢慢临近。

我们应当快活

初七开工，初六晚上肯定忙。忙什么？包利是。

利是就是红包，可大可小，可多可少。广东人过年，有"逗利是"的风俗，从大年初一，一直逗到正月十五。领导可以派给下属，长辈派给孩子，即使不是领导，不同辈分，也可以派，那就是已婚的给未婚的派利是，不管已婚的才二十四岁，未婚的那个却已年近花甲。在广东人的认知里，结了婚的男女，才是大人。而没结婚的，哪怕年过半百，还是个孩子。

大年初一开始，家里、村里逗完利是，未婚青年望着红艳艳的一摞红包，喜气洋洋地坐等开工。开工第一天，不管是机关事业单位，还是企业公司，都是热闹欢乐的场面。开工第一天，老板肯定要派开工利是，年轻小同事挨间办公室扫楼的现象也时有发生。但很少有人因为派利是、收利是的多少而不开心。你可以封一包一百元的利是，也可以封一包五元的利是，丰俭由人，多少不拘，就是讨个好意头——派的高兴，收的开心。

如果在我的老家，过年的红包要么不包，包就得包大点，否则就失了体面。每年都有家庭因为给亲戚家孩子塞了大红包，而亲戚给自己孩子塞的红包少而闹不愉快的。说到底，还是观念没有转变。既然你愿意包大红包，就不能因为对方给自己孩子的红包小而不开心，因为不是对方强求，是你自己主动，就要承担没有回报或者回报不及付出的后果。就像一段感情，一份事业，从来没有平等，但凡付出，就不能奢求回报。谁都想付出几粒石头，收获几包钻石。但人世间的便宜，从来没有白捡的。越是想贪便宜，越是吃亏。

过年天天煮饭洗衣收拾家务，浑浑噩噩无惊无喜。一想到明天要上班，竟有点小兴奋。突然想到还没包利是，吓得不敢睡，马上翻出年前换好的崭新人民币，一个一个地封好利是，这才上床，安稳入睡。

第二天到了单位，给几个未婚的小同事派了利是，转头就收到肖雯的电话，约我中午吃饭，顺便讨个新年利是。忍不住大笑，说："你怎么还没嫁出去呀？又过了一年，你不是说2021年一定要结婚的嘛。"

她才不在意，在笑闹中约好了吃饭的地点。我当然知道她不是没人追，只是不想踏入婚姻的门槛而已。早在十年前，她就选择了有钱有趣的单身生活，不管是千万富翁追求，还是年轻的小帅哥追逐，只是微微一笑，不肯委屈生活。当然，爱情的滋味，她常常品鉴，只是将婚姻的大门紧紧焊牢。她太聪明太理智，清醒地明白进入婚姻后，势必会有一地鸡毛，干脆就不让这些劳神费脑的事进入视线范围内。生而为人，只需体会领略美好，工作上的烦恼已经足够多，实在没必要为琐事伤神。

有作家说："幸福的人用童年治愈一生，而不幸的人用一生治愈童年。"肖雯的童年挺美好，在外人眼里，她的父母都是非常优秀的人。但只有她知道，家门一关，曾经相爱的父母神情上的冷淡、言语上的伤害。这让她对婚姻心生恐惧，宁愿用一生孤单，也不愿意面对爱情的消亡。

我曾小心翼翼地问她："如果年迈，如果一个人在家里生病，或者住院，会不会太过孤单无助？没有孩子，等到入住养老院，哪怕是最好的养老院，会不会被护工欺负，却找不到人保护？"

她一笑，说活一天，就要享受一天的快乐，至于未来，等它来到眼前，再想着如何面对。再说了，自己选择的路，哪怕哭着也要走完。

我很佩服她的勇气与坚持，不会游说她走与我同样的路，尊重她的每一个选择。作为朋友，我们并没有更多的权利去要求别人，但凡朋友要做的事，能帮则帮，不能帮就闭嘴。

大吃了一餐，微笑道别。出了西餐店通透的玻璃大门，抬头望天，阴阴的，无一丝风，这是下雨的前奏。下就下呗，有啥可怕的？不管什么样的天气，要么开车，要么打车，要么打伞，要么干脆不出门。选择了自己的生活方式，就要承担自己选择后的结果。

一辈子不长，我们应当快乐！

岁月忽已晚

惊觉已是月半。不是因为这一年将尽，而是因为误了去续接眼睫毛。

前年第一次接眼睫毛，有点怕，怕扯掉我虽短却至少还有的眼睫毛，怕胶水有问题，万一伤了眼睛，失明了咋办。可是爱美贪靓是人类天性，尤其是自认为长得不错的女人，更是爱美成痴。去做整容的，许多是美人。越是长得美，越怕这美丽不长久，不允许有瑕疵，总想接近完美。虽然到最后花了银子，费了时间，却可能换来失望与悔恨，但万一呢，万一就更好看了呢。人总是会为零星的希望去冒险，还觉得自己有勇气去挑战人生。

反正不知不觉就接了三年，一个月

接一次，跟月经似的，特有规律。那年刚刚迈入夏天，气温就高达33℃，一动一身汗。不愿意化妆，但凡快走个三五步，满额头满背的汗，恨不得半小时就洗一把脸。广东的热，广东人最明白，所以广东人不喜欢化妆，何止不喜欢化妆，恨不得连衣服都不穿，最好全天宅在空调房里。

不化妆，确实舒服。可人到中年，除了年纪往上走，身上的一切都在往下掉，要是不化点淡妆，人就特没精神，一下子苍老了不少。看到朋友接了眼睫毛，瞬间有了精气神儿，哪怕不上粉底不打腮红，只抹上点口红，就年轻了五六岁。想去，又有点怕，贪生怕死的人最胆小，也最懂得怜惜自己。我偷偷观望着，朋友接了一年睫毛，居然还健康地活着，又长又密的眼睫毛让她抬头低头转头间，那叫一个顾盼生辉流光溢彩的妖娆，心痒得不行，觉得再不接，就没法和她做朋友了。这才找了家门面敞亮，有三个专做接眼睫毛技师的美容院，关键是离家近，就在小区商业街上。咨询再三，忐忑不安地躺在美容床上，连气都不敢大力地喘，就怕一个闪失，就没了一只眼睛。

我的眼睛挺大，不难看，可睫毛短又稀，这让我少了自信，但凡有重要场合，肯定要刷几层睫毛膏。但深圳的天气你懂的，除非空调保持在25℃以下，否则很快就糊成一团，那种惨烈程度，跟失恋后丧心病狂地醉酒痛哭过似的，根本没法看。在天人交战的九十分钟后，我战战兢兢地睁开了眼睛，对镜一望，嘿，接了眼睫毛的我，瞬间年轻了十岁，不但眉目如画，眼睛有神，就连本来就大的眼睛也又大了一圈，一眨眼，忽闪忽闪的，自带风情，哪怕不化妆，也多了魅力。

当然这魅力是我自认为的，反正怎么照镜子，都觉得形象气质提升了二十个百分点，比没接睫毛前的我漂亮了不止一倍。那还说什么呀？立即办卡入会存了三千元，可以接十次眼睫毛。这一接，就是七个月。等到接第八次睫毛，正好是12月初，天气渐凉，盖了薄被子的我昏睡片刻，醒来立即被女侠般豪爽的老板鼓动，她让我存四千元续卡，现在正在优惠期，可以多送一次。

我一愣，怎么涨价了。没等我提出疑问，精明的老板立即解释，现在物价涨得厉害，接一次睫毛是三百九十八元，而不是之前的三百元了。不过呢，你要是存四千元，可以多送一次，蛮划算。我暗中思量，这家店开了四年了，从最初的指甲小店，到现在面部护理、接睫毛，项目可以说是不断开拓，将来肯定不会跑路。接完睫毛，对着镜子里忽闪忽闪的大眼睛美女，不仅多了信心，甚至对生活都起了美好的憧憬。犹豫啥呀，我这么美，哦，我在不断地变美，生活肯定是越来越好。立即抽出银行卡，轻轻一刷，就转出了四千元的真金。

转眼就进入了一月，我想着年前再去接一下睫毛，美美地过年。没想到，世间有多少事是你意想不到的。那家兴旺了四年多的美容院却一直没有开门。直到现在，时光滑过了二十九个月，那个笑声爽朗、眉目敞亮的老板还不见踪影。店门一直紧闭，房东急得团团转，却一直联系不到她。房东也在她那儿存了五千元钱，当然不是真金，而是少收了五千的房租，反正再也找不到她的踪迹。微信还能发出去，手机从无人接听，到欠费停机，仿佛世间从不曾存在这个人。就连还存着四千多元钱的我，也渐渐想不起她的模样、她的声音——我只记得她有小小的地方口音，n、l不分，常常被她的俏皮话逗笑，其实也没什么好笑，只是想笑她的口音罢了。

去年5月，我又去接了眼睫毛，没办卡，接一次交一次的钱，不贵，好像物价都降了一点，接一次睫毛只需要二百六十八元。可总觉得没有之前接得时尚，接得安稳，接得好看。

到了7月，我又忍不住，也不是忍不住，一是贪便宜，办卡多少会便宜一点，二来也抗不住美容师的温柔攻势，她们也需要业绩的呀，有会员办卡，她们的提成才多一点。我又在单位附近的一家接睫毛店办了卡，这一次存的钱不多，只需一千元，每次扣二百六十八元，扣完再存即可。一千元算什么呢？稍微吃好一点、买件衣服也就没了，即使老板跑路，对我的生活也造不成影响。一点也没犹豫，就应承了细心帮我接睫毛的小技师。只是在前台抽出银行卡时，突然想起那个音信皆无的老板，她好像没结婚，还不到三十五岁，没受过多少教育，十七岁就来深圳闯荡，是个有经历、抗折腾的姑娘。

存钱的好处不仅是有优惠，更重要的是十天可以免费续接一次，那些接得不牢固的，或者漏接的地方，都可以有一次免费重新修补的机会。我总在接完后的第十天，挤出时间到店里，小睡片刻，醒来后精神抖擞，眼睫毛如闪电、如丛林，就跟进了医疗美容院似的，进去前后有着巨大的区别。哪怕只是自己的错误认知，也是美好的体验。做人，不就是求份自信嘛。

近来工作前所未有地忙碌，各方各面都需顾及，经常是措手不及又来了新任务，我不仅将接睫毛的事忘得一干二净，甚至连补一下口红的精力都没有。要不是拿起手机查备忘录，我都忘了昨天该去补睫毛。当然一切已来不及，并没有遗憾可惜，只是惊叹时光的仓促，岁月的无情。在你还沉醉在旧日的梦里，明天已经到来。到底要做些什么，人生才会不留遗憾？

慢慢打开冰箱，抽出中秋时买的哈根达斯冰激凌月饼，缓缓褪去精美的包装盒，坐在微凉的阳台上，就着渐暗的夜色，对着一轮徐徐升起的弯月细尝，仿佛品鉴着一款珍藏了多年的老茶，仿佛亲吻一个很久不见的爱人。

活色生香的日子

每晚临睡前，都是豪情万丈，给自己订下种种规划、计划：我要成为全新的人，朝气、阳光、进取，有所成就；我要变得更美更从容；我要成为更好的自己，读书、运动、写作。常常被自己的励志感动，喜滋滋、甜蜜蜜地睡着了。

可第二天如期醒来，一切都变了样子。我总能找到理由安慰自己，偷懒拖延，全当昨晚赌咒发誓的人不是我，或者与我无关。可又总是在夜幕降临时，悔恨登场。经常为时常变卦、总是逃避努力而讨厌自己。可讨厌归讨厌，我也不能打死自己。既然没有办法改变，接受就好。不时纠结，不时安慰，堆就了拧巴的我。但有时对照身边的人，年龄相仿的男士，依旧妖娆的中年女子，再看看自己，竟然觉得还不差，因为这些自我肯定，日子便能过，还过得不差。

好久没有打开电视，我家的电视就是个摆设，一年到头，打开的时间不超过二十个小时，除了春晚，或者有朋友的节目，它就摆在那儿，当成不与时代脱节的证据。

昨晚想到电视服务费要到期了，是续费还是干脆报停，犹豫间打开电视，查看有没有信号。我曾试过偶尔打开电视，屏幕只有雪花，要向运营商申请后台维修。虽然不看，但不能没有。就像财富，我可以节俭着过日子，但我不能是个穷光蛋，需要用钱时，要能够没负担地拿出来。

电视信号很正常，这让我很是安慰。依旧是从头到尾地换台，扫一遍各电视台在演什么节目，扫到湖南卫视，正在播出的栏目叫作《时光音乐台》，歌手张杰正在演唱孟庭苇的《冬季到台北来看雨》，瞬间呆住，仿佛听到年少的同学高歌欢唱。

镜头扫过孟庭苇，依次出现了歌手蔡国庆、林志炫，还有谭咏麟。更让我想不到的是一个纤细、温柔、时尚又精致的黑衣女子竟是许茹芸。我曾极爱她的歌，不管是《只有云知道》，还是那首极度自卑痴恋的《独角戏》，只有年轻的女孩子才会喜欢这样扭曲压抑的歌词，我当年沉沦于此，人前人后地唱，好像自己真的爱上一个不爱我的人，或者是一个不能见光的人。

我对许茹芸的印象一直还停留在那个微胖、有点矫情自恋、颜值不高，只靠歌唱才华取胜的女子，没想到过了这么多年，她不但没有变老，甚至比年轻时更漂亮了。人世间总有这样的平衡，越是长得普通平凡的，越是抗老。那些年轻时极漂亮的女人，一旦老去，触目惊心，让人惊恐时光的残酷。

不到一小时的时间里，听了好多老歌，全都是我会唱的。有点感慨，甚至失落。现在的流行歌曲，我都不会唱，就连喜欢的、想去学唱的歌都没有。缩在柔软温暖的沙发里，跟着节目徜徉在旧日时光，我们都有着光鲜明洁的脸，有着闪光清纯的眼。小声跟着哼唱，转眼间节目落幕，而夜已深。

清晨醒来，依旧是站在客厅百转纠结，想去跑步，想去读书，又想做点面包，犹豫来犹豫去，还是慢慢地转进厨房煮起了早餐。

每次做早餐，都是我最轻松愉悦的时光，什么也不用想，什么也不用担心，一切都由我说了算，想怎么切，怎么煮，怎么搭配，怎么摆盘，都由我做主。

而这一生，能由我做主的机会，少之又少。每一个活色生香的日子，必须珍惜。

春分，家圆

　　朋友发来吃青团的照片，微眯着眼，大张着嘴，做垂涎欲滴样，手中的青团泛着幽幽的绿光，像包了浆的老玉。被咬了一口的糯米皮紧缩着，像被咬疼了似的，抽搐成一团，里面张牙舞爪想往外狂奔的，正是我最爱的咸蛋黄肉松馅儿。

　　想吃，但不想做。想买，可深圳没有正经做青团的店。最难过的是不能像往年那样在网上订，好吃的几个牌子全在上海宁波一带，现在无法寄来深圳。他们出品的青团不便宜，味道却是极好的，吃了一个想吃第二个，不管是肉松咸蛋黄海苔馅儿、霉干菜馅儿，还是芝麻花生馅儿，我都喜欢。唯独不喜欢传统的豆沙馅儿，太甜了，甜得让人心酸。

去年贪新鲜，买了几个紫米红豆馅儿的，收到快递，立即在办公室拆了包装，叫了几个同事一起尝鲜，撕开精美的包装，将一个青团切成四份，大家都跷起兰花指夹了一块，我以为是清爽的春天气息，没想到入口油腻甜浓得齁嗓子，不兑口热茶都咽不下去。同事个个跑回去端起茶水杯大口地灌，说上海人果然爱吃甜食，一个青团都得放半斤糖，真是大气。剩下的三个便摆在桌上，无人肯吃。过了两天，狠心扔掉，图个眼不见心不烦，反正青团只有几天的保质期。

可现在，别说看了心烦，就是想见都没有。昨天趁着买菜的机会，跑到离家稍远的大型超市，满场搜了一圈，零食区，没有；冷藏区，没有；冷冻区更是没有，供应的只有需求量较大的饺子、包子与汤圆。有点失落，为生活在科技发达快递普及的深圳，却买不到青团而小小地沮丧。

当然这也没什么可矫情的，胡乱堆了些青菜水果就回了家，到家才发现忘记买肉。

中午头疼欲裂，本想上床睡觉，看到朋友发来的一个视频，睡意全消，视频揭露了法西斯的罪行。看完真是一身的冷汗，为自己生活在和平年代而庆幸感恩。世界有无数的黑洞，因为我们的平凡普通，反而离黑洞最远。

今日春分，朋友们有晒立蛋的、吃青团的、咬春饼的，当然也有万年不变的节日美食——饺子，最让我羡慕的，不是那些美食美酒，而是一张张团圆大笑的脸。

让我们慢慢做朋友

眼看着春天即将走远，而属于深圳人的春天还迟迟不肯到来。

今日惊蛰，二十四节气里唯一一个以动物现象命名的节气。"惊蛰"是"复苏、重回生机"的意思，"蛰"是昆虫蛰伏不动，春雷一响，万物复苏，睡了一冬天的小虫子要惊醒了。虫子一出，鸟儿有食，顺带着兽类、人类皆多了食物来源，日子一天天丰满起来。

春天的蔬菜最鲜甜，尤其是春天的野菜，最是珍贵。小时候衣食不缺，吃什么也不觉得欢喜新奇，常常吃上几口就跑出去与小朋友疯玩，奶奶也不在意。唯有吃野菜的时候，非得吃撑了才能下桌，奶奶一边露出满意的笑容，一边收拾杯盘狼藉的饭桌。

春天的野菜是最早冒头的植物，天地万物还没舒展开，不见光的地方还藏着冰雪，奶奶大清早就跑到野外寻觅，刚刚脱了棉衣棉裤的她不时弯下腰来，这儿找找，那儿看看，太阳渐渐高悬，却没有什么暖意，奶奶终于满意归来。有时采回来的是婆婆丁，有时是苣荬菜，至于野葱、柳蒿芽，还要再等上半个月。不管什么野菜，她都珍而视之地洗上三五次，哪怕是稍老的叶子也舍不得丢，随水冲出去的小嫩芽也得拣出来，收拾个把小时，一团生青鲜嫩的春天气息就横冲直撞地铺到盘子里，配搭的必得是刚刚炸好的鸡蛋酱。

酱是自家下的，倍儿鲜。光是吃酱，已是妙极。如果再搅匀三五个鸡蛋，重油炒出软嫩的蛋碎，再将大酱倒进去，稍加点水，锅一开，立即盛到阔口的小碗里，那真是熨帖得很，是家的味道，也是爱的味道。夹一团野菜，蘸点鸡蛋酱，野菜的鲜、鸡蛋的香、酱的咸，绝配！再没有什么食物能体现春天的美。

当然，光吃野菜蘸酱，肯定不当饱。既然有酱，肯定得有雪白的大葱段、脆生艳红的心里美萝卜条，当然还得有主菜，不是一大盆猪肉炖粉条，就是大半锅的酸菜炖五花肉。

东北人的生活离不开猪肉，不管是日常生活，还是家里来客，主菜都是猪肉——猪皮熬成Q弹的皮冻，猪骨头炖酸菜汤，卤猪蹄，酱肘子，反正猪肉是餐桌上的主角。猪肉要么红烧，要么炒各种菜蔬，无菜不能加猪肉。切成条、片成片，或者切成丁、剁成肉末，以各种手段方式来处置猪肉，力求同一味道，却不同款式。生活嘛，总要多点新鲜感，有点仪式感，至少要让今天看起来，和昨天不一样。

多年以后，当我游览了不少城市，才发现中国各地的饮食习惯是差别巨大，西北喜欢牛羊，南方喜欢禽类海鲜，中原地带喜牛肉，但多以面食为主，唯有东北，只爱猪肉。其中的道理，我到现在也没搞明白，也许是东北太冷，也许是回族人偏少的缘故，也许是猪易养殖，不用太费心就能长膘，这比较适合东北人喜安逸、爱闲适的本性。

我家很少做牛羊肉，除了爷爷爱吃，其他人都嫌其腥臊味重。鸡肉不常买，一个月也就能吃上两三次，所以我一直喜欢吃鸡，总觉得鸡肉是个稀罕物。可不管稀罕不稀罕，至少常能吃到。唯有春天的野菜，一年只能吃上几回——就天气回暖的那几天，用不上一周，野菜就老了，失了新鲜气儿。

不管什么野菜，我们是不煮不烫，全部生吃，唯有生吃，才有那个绕口不绝的山野气息。我到现在还馋着那味道，哪怕到了广东生活，无数没吃过、没见过的山珍野味尝遍，也没有我家乡的山野菜独有的清鲜。

离家工作多年，终于在某一年的四月底回到家乡——只能待两天，我是趁出差的机会顺道回家看看。到家已是午后，妈妈很激动，忙里忙外的，恨不得把家里所有能吃的东西都铺陈在我面前，哪怕不吃，也让我得个眼饱，她这个做母亲的才能安心。

可我的胃口早就被南方的山水滋养，改了大鱼大肉油腻厚重的口味，看到一桌子的菜，挑挑拣拣地，全无胃口。看到我无滋无味假装欢喜的样子，我妈突然想起什么，转头冲到厨房，端出一碟子散落蓬松的生青叶菜，喜滋滋地说，这是昨天在路边买的野菜,我中午吃了几口,听说你要回来,就顾着收拾房间。你看看,是婆婆丁,你得有多少年没吃过了?

我瞬间瞪大了眼睛,婆婆丁?我竟不记得它的样子,即使在深圳的路边看到,也只知道是能吃的野菜,至于名字,全对不上。童年的美好回忆一直在,却也并不想主动去翻阅。有些人,有些事,就是这样渐行渐远。可突然有一天,又相遇,还是会有惊喜,会有温馨的回忆。

夹起一筷子,根本没想再洗一遍,让它更水嫩点,也不想将微枯的叶子挑出来,只想让童年的味道早一点回来,仿佛我也能回到童年一般。微苦,微腥,微甜,依旧是老味道,哪怕分离了十年,它还是它,我也还是我,我们彼此,都还在。

那两天,我妈变着样儿地给我做,不是山野菜蘸酱、韭菜合子,就是三鲜饺子,第三天早上坐车去机场,我明显感觉衣服渐紧,至少胖了五斤,收获颇丰。

刚回到深圳,我就被朋友拉去接风。阿颖是上海姑娘,为了爱情来到深圳生活,可矫情不改,没事就得吃个上海菜,或者煲个腌笃鲜、吃个大闸蟹,要有腔有调的,不肯与我们这些人同类。因为有了她,我们几个女友的生活品质得以不断提升,怕被她鄙视与嘲笑,也因为自己确实喜欢有品质的生活。

我以为又去吃上海菜,没想到阿颖拉着我们去了一家小饭店,是她朋友新开的小店,竟是湖南菜。不能当面嘲笑,只暗暗地叹息,阿颖居然也接了地气。三五个红艳艳的辣菜上好,又上了几个酸辣小炒,吃了几口,只觉得味蕾被强暴地刺激。没想到房门一开,上来一笼包子,暗自思量,湖南会有什么馅儿,难不成还是酸辣包子?没想到竟是荠菜包。

转头望向阿颖，她一脸的得意。说是她亲自和面、剁馅儿、擀面、包好，立即送到小店冷藏，就等我晚七点的飞机降落深圳，到了小店就可以现蒸现上。包子皮薄，荠菜为主，五花肉为辅，荠菜的鲜，有着南方的甜美与清爽，而五花肉添了滋润，一口一口，全是温暖的春回大地的气息。

我喜欢春天的菜蔬，休整了一整个冬天的土地有了力气，将最肥美的味道无私给予。不管是韭菜、荠菜、野菜，皆是积蓄了全部深情。

这一生，你会遇到多少人，认识多少人，相爱相亲的，又有多少人？唯有这些对你好，你又喜欢的人，才是你的春天。让我们慢慢做朋友！

座上客常满，杯中酒不空

好酒无量，好色无胆。这是多年前老友对我的评价，我不信这是盖棺定论，再无法改变。几年来我苦练酒量，天天满杯，当然是红葡萄酒，每晚小酌，几无间断。至于好色，我打小好色，不管男女、饮食还是包装，只要好看，就生欢喜。

十二岁的我曾尾随路上遇到的漂亮女生，只因她有一双忽闪忽闪的大眼睛，头顶扎着的冲天马尾辫，随着脚步上下跳跃，青春的朝气、纯真的美好全标注在她的脸上。我也扎了马尾辫，但我怕疼，不肯扎得那么高，扁趴趴地窝在后脑勺，高下立见。她是美丽高贵的公主，我是刚进城的丫鬟。

　　我以为只是偶遇，再无重逢，哪想到半年后，漂亮女生黄凤辉就成了我的同学，一起住校三年，一会儿吵架，一会儿和好，直到三十年以后，还是很要好的朋友。虽然远隔千里，一旦有什么事，都会想到对方。每当我一人饮酒，就会想起她放学不回家，跑到我家住的日子，两个人一起鼓捣吃的，甚至偷偷学大人喝酒。

　　我家酒类丰富，果子酒、啤酒、白酒，无一不有。那时我爸是一家果酒厂的厂长，不时拿回来一些样品，或者单位发的果酒——山葡萄酒、蓝莓酒、山楂酒、山梨子酒，五颜六色煞是吸引人。趁家人不在，我俩常常各开一瓶，并不在乎酒的味道，只要是酒，就证明我们已经长大。

　　那时我爱极一款绿豆酒，颜色淡绿，青中泛白，像极年轻的岁月，有种辽阔的清浅、平坦的自由，正适合明明天空澄明透彻，却偏偏要找些忧愁装点画面的少年心性。其实人是很怪的动物，又怕痛苦，又喜欢主动去寻找痛苦，在一个接一个的痛苦里慢慢煎熬，直到枯萎凋零，才知道最初的简单生活是多么美好。

　　绿豆酒微甜，特有的清香让人着迷，喝下三两口，全身血液流速加快，有点燥；再来两口，暑热顿消，心里有把刷子似的，轻轻刮着你，一上一下；再来一杯，心跳加速，眼神迷离，周身舒坦，被人抚顺了毛般愉悦舒适。据说绿豆酒还有解暑功效，反正喝完心底清凉，两个人聊着聊着就睡了过去。

　　醒来窗外满天星斗，我俩竟睡了一整个下午。如今的我别说睡一个完整的夜晚，就是午休时能睡上半小时，都觉得是偷来的幸福。并没有什么心事，只觉得光阴可贵。年纪越大越舍不得睡，只怕一睡就再无法醒来，贪心地想多抢点光阴在手上。能够控制把握的，也就是这余下的不多的岁月。天气好的时候，路口总有晒太阳的老人，有的被保姆推着轮椅出来，有的一步一挪地徐徐移动，皆是奢望多一个被暖阳抚慰，对这个世界饱含热爱的人。

那时同学特别喜欢来我家，因为我家冰箱总是满满的，每次都让同学酒足饭饱，满意而归。我从小爱热闹，不喜欢一个人待着，哪怕吃个快餐，也想呼朋引伴，不愿一人食。

年少的理想就是家里永远热闹，永远不要为吃喝不上档次而发愁，最好是座上客常满，杯中酒不空。如今这理想还处于梦想阶段，有生之年想要实现，难度还是有一点的。

欲望不断增长提高，而能力却原地踏步，这是人生痛苦的源泉。好在还有几个聊得来的朋友，得空一聚，从不挑剔我做的饭菜不好、品相不佳，哪怕我摆出一瓶几十元的葡萄酒，他们也不会心生嫌弃，眼神鄙夷。可是大家工作都忙，上有老下有小的，还要考虑爱人的感受，想要常聚，可能性不大。

什么时候可以座上客常满，杯中酒不空，想怎么折腾就怎么折腾，而不用考虑金钱、他人的感受呢？喜热闹怕孤寂的人暗暗思量，唯有读书写作，在文字里圆梦。

过节心盛

还有十几天才过年，老爸就忍不住了，周六打电话问我，要不要去采买年货，要不要先把饺子包上、豆包蒸好，再炸点丸子？

我差点哭出声来，叫他少安毋躁，深圳这几天热得跟初夏似的，做这么多年货，是不是还得先买两个大冰箱！

老爸想想也对，一边嘟囔一边挂电话，说深圳可真是没有年味，这要是在东北，过了腊八就是年，早就全家上下总动员，一起准备年货了。

放下电话，望着窗外有青年穿着短袖匆匆跑过，顿生不知今夕何夕的错觉。不是说今年春节会变冷吗，怎么提前进入了春天？

突然想起在老家过年，煮完腊八粥，我那七十多岁的奶奶就开始忙前忙后，在一个小笔记本上写来画去，将整个过年期间需要采买的物品列个清单，还排了时间表，严格按照时间进度开展各项过年准备工作：今天组织儿子去买半头冻得钢板硬的大肥猪，明天指挥女婿去买两头宰杀好的羊，后天让三个女儿买回来十几只白条鸡，通通摆在冷得像冰库般的仓房里，罗列整齐，一进去就像到了屠宰现场似的，心里顿时安定，知道会过个肥年。

到了小年，全家老少天天晚上齐聚在奶奶家，今天打豆馅儿——红豆的、绿豆的，全部做成细腻香甜的豆沙。要吃就吃好的，要做就做高级的，这是我奶奶做饭煮菜的唯一标准。她绝不肯降低生活质量，邻居家连皮一起打豆馅儿，吃的时候常常被豆皮粘了口腔，起了不适感，我家的豆沙包，是整条街最好吃的，还有桂花香呢。

做事做人的精致，肯定是后天培养，尤其是耳濡目染的成长环境，让你学会宁缺毋滥。但凡需要付出大量的人力物力财力，便会对拥有的一切起了珍惜之意。反正我家的豆包，从来没有人吃一半就扔了不吃，基本上都是抢着吃完。

熬好豆沙馅儿，将豆馅儿一个一个团成球，至少得一晚上。第二天开始蒸豆包，一蒸就是十锅——五锅红豆沙，五锅绿豆沙，一吃吃到三月中，冰雪还没有融化。

年二十五，包包子；年二十六，包饺子，一包就包三五十斤，院子里的大水缸装得满满的，够来拜年的亲戚朋友吃上十几天；年二十七，剁肉炖鸡，将所有的肉都砍成一段一段的，分别炖得半熟装进各个盆子里；年二十八，把面发，这时该蒸枣馒头了，反正厨房里永远是蒸气缭绕，炉火通红，满室飘香，全家人的脸上都洋溢着满足的幸福。

说说笑笑间，就到了年二十九的晚上，这一天的工作量就更大了，不但得准备年三十的菜肴，还得准备油炸食品，什么炸丸子、炸馓子、炸麻叶、炸鱼、炸虾片。孩子们哪受得了这诱惑，纷纷溜进厨房偷吃，怎么吃也吃不饱。

一想到儿时的春节，眼睛竟潮湿起来。正所谓天下的老人都一样，过节心盛，盼的不过是一个团圆。

打电话给老爸，说晚上去陪他吃饭，顺便去超市买些年货解馋。

一年又一年，好在家人康健，团团圆圆。

寂寞地图

中年寂寥，越来越喜欢独来独往，一个人吃饭，一个人开车，一个人走路，一个人健身，一个人看书，一个人喝酒，一个人泡咖啡馆。

虽然经常一个人吃饭，但从来不肯将就，不管是路边小店，还是知名餐馆，我都不会随便点个快餐，或者一碗面一碗粉，不，我不将就。餐馆的招牌菜，肯定要试试，哪怕分量大到吃不完，我也要点，只怕错过，就没了下次。

多数情况下，我会点一荤一素一饭，很少点汤，喝了汤，就有七分饱，再美味的饭菜也吃不下几口，太浪费了。虽然可以打包，但作为一份食物，肯定是越新鲜越好，刚刚出锅那三五分钟，是最美味的时刻，过了十分钟，再好吃的饭菜也打了折，只剩七成功力，就像青春少年与油腻大叔，一个正当时，一个已过季。谁不曾青春年少，问题是青春年少时，你过得好吗，有人欣赏吗，有过精彩的人生片段吗？

当然也有想放纵的时候，我曾一个人点了四菜一点心，吓得大堂经理扫了我好几眼，到底是赚钱第一，没有多问，瞬间就把四大碟菜一份点心摆上来，就怕我吃饱了退菜。这样尝尝，那道试试，每一样都可心。当然吃不完，全部打包，五盒饭菜一拎，很有成就感。一路踩着油门哼着小曲归家，一边嗅着车后座不时传来的饭菜香，强烈的幸福感将我包围。人这一生，不就是多品尝多经历，不管何时离开，不留遗憾嘛。

可这样的时光越来越少，我恨不得不吃不喝不眠不休，就怕时光过得太快，没有留住当下这一刻，它就跑远。想要做的事太多，可时间总是不够。中年的慌乱紧张，就浓缩在日常的一点一滴、每一个感叹里。

朋友上周五十岁生日，我本想送一份礼物，没想到她不肯过生日，提前半个月就开始焦虑，吃不下睡不着，不敢相信自己即将年满五十岁，甚至大哭大闹，还打烂了心爱的花瓶。这不用解释，女人的心性多半敏感又多思虑，如果是我，也会有这样的焦虑，谁敢想象自己转眼间就活了五十年，确实惊心。

但日子就是这样流过去，只要活着，谁都会有五十岁。我也怕，我怕更年期，怕孤独，怕衰老，怕老无所依，怕死去。从去年开始，我很少在外面就餐，能在家吃就在家吃，能不吃就不吃，越活越简单。

前天朋友拉我去城中最热门的轻食餐厅，一看皆是两三个人聚餐，或者一个人独食。我喜欢这样的环境，有鲜花，有养眼的摆盘，一饭一蔬，皆求精致美丽。我问朋友：你很熟悉这里吗？怎么点菜这么顺当。她乐，说这是她的一人饭堂，最近三个月，几乎每天都来吃一餐，当然只吃一餐，而且是全天中唯一的一餐，所以怎么吃也没长肉。

一边吃一边聊，说起我们一起吃过的餐厅，竟多是小众的，很少有嘈杂热闹的环境，就餐的人亦少，每张台最多四个人，多数都是一个两个的，静静地用餐，细细地聊天。

突然间彼此相视一笑，我们去的，就是这城中的寂寞地图。城市这么大，寂寞的人这么多，哪怕相约，亦无话，只是默默地用餐，偶尔抬眼望一下对方，这一餐就很美好。

因为懂得，不需多讲。因为寂寞，需要陪伴。

故乡即他乡，何必去远方

深圳的冬天不冷不热，不湿不燥，正是一年里最舒服的季节，尤其是过年那几天，如果不下雨，简直比三亚还来得舒爽。

我心里想着可以去惠州、河源，或者清远去泡温泉。

我极爱泡澡，但广东没有北方那种专门泡澡、搓澡的浴池。不过广东是温泉大省，除了深圳没有，其他城市星罗棋布，比比皆是。有些出名的温泉，甚至有其他地方的游客慕名前来。尤其是在微冷的冬天，泡温泉简直是人生乐事。

我最喜欢泡在46℃~48℃的热水池里，有一种虚幻的腾云驾雾、忘却凡尘的轻松。当然要先受点苦，将脚踩进热水池的刹那，有即将被煮熟的灼烧感，忍过一分钟，就不想动了，直泡到灵魂出窍。其实也不过是十几分钟，便觉得脚底板都在往外冒汗，周身上下的毛孔都在往外释放着体液，仿佛是一条即将被烘干的鱼。对，是烘干，而不是煮沸，就像是被抽离了筋骨的软骨鱼，放在高温的烤箱里，从头到脚的体液被逼出体外，我觉得自己轻飘飘的，就要上天随风舞动。这时必须马上上岸——回头是岸，再泡上五分钟，可能就得晕过去。

上岸马上喝一大杯温水，瞬间满血复活，爽得像个刚刚学会呼吸的孩子，长长地喘气，天地万物渐渐清晰明朗，夜色如谜，惹得你没来由地叹气，一点也不想说话，不想动，就想找个软和的地方躺着。这当然是人生中最愉悦最安然的放松方式，什么也不用想，什么也不用做，就是泡着、躺着，慢慢地睡着了。醒来一睁眼，漫天星斗，恍若一梦。

可我已经三年没泡过温泉，或者说，我三年没去过隔壁的县市，不是窝在家里，就是在单位里奔波。正在感叹这三年生活的孤寂乏味，小老乡唐飞打来电话，说他昨天连夜飞回了东北，正在家里的火炕上歪着，爽死了。不过也真是冷，明明才零下20℃，却比小时候的零下30℃还难以忍受，是自己习惯了广东的温度，还是身体的抵抗力变弱了？家里装了暖气，这下好，一点也不想出门。

小老乡站在窗边，外面正飘着本年度的第三场雪花，轻轻碰一下双层玻璃，虽然还隔着一层，依旧是寒冷彻骨。窗外的街道稀稀落落地走着臃肿的男男女女，每一步都走得吃力缓慢。在寒冬腊月里穿得体面轻盈的，多数是有私家车的，下楼就直接开车出去，哪会走在冰冷的马路上。望着窗外多年不变的景象，仿佛又回到十年前，他刚刚离家的模样，一切仿佛那么熟悉，却又好像十分陌生，就像一场醒来记不甚清的旧梦。

故乡即他乡，何必去远方。远方待久了，也就成了家乡。

买房记

来到深圳工作、生活的人，不论男女，最大的梦想就是拥有一套自己的房子。

根植在中国人骨血里的观念就是：有房才有家。就连大文豪苏东坡的弟弟——性情最是温和沉静的苏辙也未能幸免，他在京城当了几十年的官，却不曾购置一宅一院。等到退居许州，看到老朋友李方叔起了豪宅，又羡又嫉，挥笔写下《李方叔新宅》："我年七十无住宅，斤斧登登乱朝夕。儿孙期我八十年，宅成可作十年客。"回家就筹集银两，倾尽所有建了一套属于自己的房子，从此安心养老。

古今皆如此，淑华肯定不例外，甚

至欲望更强烈。在深圳工作了一年，她就大胆落定买了一套小产权房。其实想买好地段、有学区的房子，可明年在哪里工作，自己也不知道，不敢贸然落定，更不想错失买房的最佳时机。几年后，当淑华结婚生子，买学区房就成了必须要面对的首要问题。孩子三岁了，要读幼儿园，再在没有花园没有小区没有学位的房子里住，很对不住孩子。尤其是想到孩子以后的生活环境、教育资源，更加坚定了买学区房的信心。

先从教育资源最好的宝城小学、宝安中学附近看起，不看不知道，一看吓一跳，最便宜的18区、19区的老房子都要四万元一平方米，而且环境就像20世纪80年代的北方城市，喧闹、嘈杂，根本没有深圳大都市的样子。更让人纠心的是没有停车位，整个小区都是地面停车，谁先回来谁停，大部分车辆只能停在路边，不时就收到违章停车的罚单，连睡觉都不安稳。三四岁的孩子正是疯玩疯跑最是淘气的年纪，这在小区里面玩耍，哪有安全保障？万一冲出来一辆车，不敢多想，马上将注意力转移到新开发的楼盘上。

这一看就是半年，看得上的买不起，买得起的看不上，越看越远，最后就看到了桃源居。桃源居确实不错，大社区、大花园，简直就像一个小城镇五脏俱全，可就因为太大，整个小区的居民素质良莠不齐。本来看中了一套九十平方米的三房，价格也合适，付得起首期，还得起贷款，喜得淑华已经开始构想如何改造装修，啥时候搬进去了。

与业主一边聊，一边进了电梯，准备到物业管理处了解一下小区情况，再签买卖合同，这房子就属于淑华了。没想到意外的发生总是打得你措手不及，谁能想到会有这样的老人呢？

一个六十多岁的阿姨领着小孙子下楼玩，孩子突然淘气，对着淑华的裙子吐了一口，淑华想教育那孩子，却不好意思开口，以为老阿姨会批评自家孙子，没想到老人不但没批评，还把孩子抱起来，这下好，那顽皮孩子又对着淑华的脸吐了一口。淑华的先生又惊又恼，没想到老人只把孩子的头转了个方向，连句道歉都没有。出了电梯，淑华的先生一把扯起她的手，开车走人，说啥也不同意在这栋楼里买房。

不敢再去老社区、老楼盘，想着新楼盘的居民素质肯定高，疲惫又憔悴的夫妻俩驱车直奔刚刚开发的领航城与天福华府。天福华府离107国道太近，噪音有点大，空气也不太好，可是房子的设计真不错，好像每个房间都特别适宜家居。可价格不便宜，一平方米三万五千元起，哪怕是套两房，还贷的压力也不容小觑。想到以后要节衣缩食，节假日再也不能去旅行，不能去商场任意消费，心底隐隐地痛。再看更远的领航城，周边还在建设中，用不了五年，这里肯定是一个环境极好的大社区，可是那时候孩子已读小学，这五年是孩子成长的最佳时期，天天生活在嘈杂的施工、装修的大工地里，虽然未来可期，可当下才是最宝贵的，哪里可以让孩子受如此委屈？与先生对望，谁也不敢贸然下决定到底选在哪里，哪一个楼盘将成为他们的家、他们此后的栖居地。

一周之内，淑华与先生不停地穿梭在领航城与天福华府间，不断地与两家售楼员讨价还价，期望着一个最合理的价格，可是每套都不太满意。就在他们准备落定领航城的一套小三居，在新安工作的朋友说他有一套九十平方米的学区房准备转手，问他们要不要，如果要，他给最优惠价。一问，竟然与领航城的房子同样价格，那还想啥，当天转了首期，转头办贷款还了朋友。

经过简单的装修，淑华搬进了自己的房子，从此在深圳终于有了一个安心的家。

房子于淑华来说就是一个遮风挡雨的地方，一个让她在深圳不像浮萍一样飘来荡去没有安全感的居所，一个让她的孩子可以读书、健康快乐成长的家园。

旧衣如旧人

秋已深。

每到换季时节，最烦最累的体力活就是收拾衣柜。哪怕没有新战衣，依旧要收收捡捡，仿佛就能发现新大陆、找到更好的搭配，或者除旧迎新。女人最大的快乐，就是寻找并收获的过程，尤其是衣服。

小时候，奶奶总说"新不如旧"，她说的是衣服，我却总觉得是意有所指。爷爷奶奶平平安安顺顺利利地携手过完了一生，谁都没有风波，谁都没有出轨的野心。或许有，但没有实施。谁都没有经历惊心动魄的人生，平平淡淡的一天又一天，每一天睁开眼睛，过得都与昨天相同。但他们甘之如饴，每一天都过得缓慢从容。

我奶奶总说新不如旧，所以坚定地不肯买新衣服，当然只针对她自己。在六十岁前，奶奶的衣服年年如去年，几乎没有新衣服。就连鞋子，也是捡我们这些孙辈穿旧的。直到叔叔姑姑全部结婚生子，这才到了奶奶年年迎新的好时光。可惜那时她已发胖，又要帮着儿女带孩子，少了穿上新衣服到处转转的机会。如果换成我，肯定要抱怨，甚至怨恨。但奶奶笑眯眯的，每天睁开眼睛就觉得日子滋润。不管是姑姑、婶婶，或者我给她买了新衣新鞋新首饰，她全乐得见牙不见眼的，一边埋怨我们乱花钱，一边立即换上新衣新鞋新首饰，喜滋滋地对着镜子左看右看。可是不管穿什么戴什么，都不好看，她那时又矮又胖，还天天外出晒太阳补钙，黑了很多，但她的欢喜却是实实在在的。

我从小喜欢新衣，越新越好，哪怕初穿的时候有些刮肉刺肤，甚至把腰部细嫩的肌肤磨破了，依旧欢喜。衣服只有崭新时，才有着鲜亮的颜色，有着挺括的曲线，洗多几次，花色褪去，颜色转暗，就有着《红楼梦》里宝玉嘴里的形容："未出嫁的女孩是颗无价之宝珠；等嫁了人就变出许多毛病来，虽是颗珠子，却没有光彩宝色，是颗死珠子；再老了些，竟不是珠子，而是死鱼眼睛了。"

新衣与旧衣，就像宝珠与死鱼眼睛。

年少时我不明白，奶奶为何喜欢旧衣，哪怕媳妇、女儿给她买了新衣，也不肯换上，非拧着鼻子酸着脸，横眉立目地要你把新衣退回去，或者换成孩子们的衣服才善罢甘休。等到我终于明白，已是远离家乡独自在异地工作后，体会到了生活的

种种艰难，明白唯有手里握着的真金白银，才是心灵安定的圣
药。

离家一年，其中的艰辛孤寂无以用语言形容，我是那种报
喜不报忧的人，家人也知道我肯定是言过其实，但彼此都努力
维系着对方的体面，谁也不戳破那层薄如蝉翼的玻璃纸，放下
电话的刹那，彼此都长出了一口气。渐渐地，如果没有特别欢
喜的事，我就不愿意打电话，不愿意说着漫天的谎话来安慰远
方的亲人。至深至浅夫妻，至亲至疏母子兄弟。虽然有着至亲
的血缘，但彼此都是独立的人，不愿意在亲人面前没了面子。

终于可以在这个城市立足，我拿着新单位的正式录用通
知，一个人呆立在刚刚建起的帝王大厦巨大的阴影下，缓缓地
喝光了一瓶微冻的啤酒，啤酒又苦又膜，但那一刻，却是泛着
气泡的琼浆。我没有急着打电话向家人报喜，在那一瞬间，突
然觉得也没有什么好欢喜的，更没有什么可显摆的，反正以后
的路还长着，还有更大的梦想等着我去实现。我被提前重用，
成为某部门的负责人。

我很注重形象，哪怕酷暑七月，也穿得体面，无正装不出
门。时时刻刻维护着体面，很累。就连穿新衣的快感也渐渐消
失。好在忙完了两项大任务，领导给我批了假，允许我回家探
亲。

正是金秋，奶奶知道我将在半夜到家，兴奋地在厨房里忙
来忙去，等到我下了出租车，就看到一早在路口守候的爸爸妈
妈，他们抢过我的行李箱，夺过我的双肩包，好像他们才是棒
劳力似的，就差把我也抱在怀里往家回。前所未有的宠爱重
视，让我有点缓不过劲儿来，就怕我妈翻脸无情，又因为一点

小事骂我一回。

其实我妈很爱我，但她不会表达，情绪转换得过于直接，前一秒还在兴头上，后一秒就是狂风暴雨，甚至还有冰雹。但我妈情绪好转也来得迅速，你还担惊受怕呢，她突然因为什么话、什么事就大笑起来，转头就拉着你甜蜜喂食了。所谓母女没有隔夜仇，我们当然没有。只是年龄越长，彼此越小心翼翼，反而失了母女的亲密与随意。一进家，奶奶就"心肝宝贝肉儿"地扑过来，颇流了一会儿泪，彼此才平静下来，明明已近午夜，全家人还醒着，屋子当中还摆着丰盛的晚餐，好像我在五个小时的航程中饿得吞得下一头羊。

明明不饿，却也郑重地坐下来，简单地吃上两口，边吃边让人拆行李，这个相机送弟弟，那个随身听录音机送妹妹，那件紫红丝绒的外套是送给奶奶的，还有还有，马上蹦下地，打开双肩包，一层一层地打开拉链，将最底层的几个小首饰盒拿出来，一脸凝重又得意地将最大的金戒指送给奶奶，其他重量相似的分送给姑姑与妈妈。奶奶又流下泪来，这竟是她人生的第一个金戒指。不！不是第一个，年轻时是有过的，奶奶家境颇丰，但她没赶上好时候，明明父母留下来不少金首饰，偷着藏着的，根本不敢戴。不断地搬家，不断地迁徙，到最后发现不见了，也不知道遗失在哪里。不但没有什么可惜，甚至有一种解放了的轻松。直到20世纪80年代金首饰又流行起来，奶奶才想起去翻箱倒柜。

一夜好睡。第二天醒来，就见到奶奶披着紫红丝绒的外套，满是皱纹与老茧的左手无名指上，崭新的金戒指金光四射，她满脸矜持地坐在餐桌边喝着大米粥，就着烙饼与咸菜。

那种场面很滑稽，就像穿着隆重的礼服蹲在路边五元早餐店门前大嚼，想笑，却又差点涌出眼泪。

奶奶总说"新不如旧"，不过是安慰自己，安慰孩子，谁会不喜欢新衣服呢，但作为母亲，她只能委屈自己。没有收入的她总想省着点花钱，才能让子女更好地生活。最好是不花钱，才能让自己有尊严地老去。可是当她年纪渐老，身体渐衰，子女孙儿送礼物给她，买新衣给她，她会多了自信，多了生活下去的勇气，因为她知道她的孩子们爱她、需要她，更知道自己活着，这个大家庭就不会散，一直凝聚在一起。

一边收拾着颇有些杂乱的衣柜，一边想着渐远的往事，突然在最下层的抽屉里翻到一件嫩粉色的毛衣，那是年过八旬的奶奶亲手为我织就。款式不时尚，颜色也有些土，但我一直保存在衣柜里。奶奶离开人世已五年，依旧会不时出现在我的笔下，我的脑海里。

旧衣如旧人，虽然有些变形走样，有些磨损残破，但曾经给我的爱与温暖，常留心间，永不会忘。

美食地图

女人多数方向感欠佳，分不清南北西东。

有一次与女友逛街，突然她老公打来电话，问儿子新换的培训机构在哪里，他准备带儿子去上课。女友是单位的资深会计，相当有逻辑，说你出了家门第三个红绿灯左转，拐到深南路上往罗湖方向走，右转到新洲路上，到第三个红绿灯左转，直行两个红绿灯再右转就是。我几乎为她精辟准确的定位鼓掌，没想到她那没脑子的老公只问了一句，就让两方抓狂，他问是往东还是往西。这下好，别说女友，连我也晕菜，我也是分不清东南西北的人哪，但我脑海里有一幅地图，只要按照我的指引，九成九不会走错。

我的大脑里保存着一幅美食地图，但凡去哪里，只要想起附近的知名餐厅，总能立即规划好路线，多一步路都不用走。比如说你想去地形最复杂的罗湖水贝珠宝城，我会说你先开到北环罗湖方向，到了翠竹进辅道，看到盐焗鸡店右转，等过两个红绿灯看到东北人餐厅，马上右转，一直开到东

海酒家，你往对面停车，步行就可以到珠宝城。

熟悉我的人都赞我是美食家，因为城中但凡有新开的美味餐厅，我总是雀跃前往，吃完还默默帮它们打分，在朋友圈里大力推广。当然我是自嗨型，店家根本不知道有我这个义务推销员的存在。

然而这几年我很少在朋友圈里推介新餐厅，就连老餐厅也很少去了。为何？张爱玲说"出名要趁早"，同理，爱吃也要趁早。自从过了四十岁，胃口莫名其妙减半，更可怕的是无肉不欢的我突然发现吃不动肉了，不知何时，无论在外就餐还是在家煮食，越来越偏好清淡饮食，鱼虾就算是大荤，至于年轻时最爱的猪肉、牛扒，几乎不再有兴头。食量更是锐减，哪怕

在餐厅点了一人份套餐，也吃不完，剩下的多数都是肉。每次看到剩饭堆在台面，总忍不住冷笑，内心不断讥笑自己："原来你也有今天！"

我一直以自己有一副好胃口、消化能力佳而自傲，少年时曾感叹自己天上除了飞机，地上除了火车，啥都敢吃，啥都能消化，哪怕是铁球都啃得动，现在别说铁球、铁蛋，就连一个铁片我也咽不下。但内心有团小火苗，总不肯善罢甘休，但凡经过装修精致或者泛着活泼菜香的餐馆，总忍不住有片刻的停留，哪怕开着车呢，也得放慢车速，深情地凝望，仿佛遇到一个曾经深爱过的人。

那天经过新闻路，突然想起多年前热爱的小辣椒湘菜馆就在转弯处，立即奔了过去。好友就在一百米处的特区报业大厦上班，当然不能漏了她，一个电话，两个小半年未见的老友重逢，并没有惊喜，也没有问候，反正微信里面天天点赞，她过得怎么样，我知道；我过得好不好，她也明了。各自点了两个菜，依旧是当年熟悉的菜式——小炒肉、剁椒鱼头、土匪猪肝与手撕包菜，依旧是上菜很快，依旧是生意很好，可是分量少了三分之一，味道也差了三分之一。

两个人边吃边聊，说起今年想做的事，想去的异乡，想过的生活，彼此都有些沉默。不到半小时竟吃饱了，而剩菜还有一半。可能都想到自己的饭量锐减，都有些惊心，竟同时抬头对望，一时间无言，立即又低下了头，假装看手机。想想当年的我们，虽然依旧是人均两个菜，但那分量、那胃口，肯定是风卷残云一扫而空，甚至还得叫个酱油炒饭，亦是空盘。

饭后归来，望着新闻路上渐次凋零的老餐馆，又想起老城区里不断衰败的老店，那些我曾热爱推崇的餐厅一间一间地消失不见，换了招牌换了厨师换了老板，而到处找地方吃饭的人、不断推介这城中美食的所谓专家一代接一代地涌现。

不管哪座城市，美食地图如夜空星星，这里亮亮，那里闪闪，好在妈妈的手艺依旧，不用怀念，让我心安。

都市菜园梦

　　阳台的花盆里突然长出一株豆角苗，越长越大，越爬越高。

　　我求不怕登高的女儿在阳台天花板上钉了几个钉子，再把麻绳缠绕其间，分别绑在岔成几枝的藤蔓上。这豆角秧就迎着西晒、微风，慢慢爬满了三条麻绳，甚至还在天花板上打了个转，有了交集后再转头向下，一枝枯干了，还有两枝茂盛着，迎风开出几朵淡紫间白的豆角花。

　　前年6月我去河源游玩，在路边小餐厅吃饭，看到院落篱笆上结满了一条一条细长笔直的豇豆，央求店主送我几条，还很认真地拍了几十张照片，张张主角都是结满豇豆的豆角秧，印象相当地深

147

刻。

小时候，奶奶家的院子里常种些菜蔬，年年种的都差不多，茄子、韭菜、豆角和西红柿。其他菜蔬都简单，自生自长就是了。唯有豆角是需要特殊照顾的，要帮它们搭好木架子，就是在每株豆角秧旁用三根木棍子架成三角形，在一米五左右的高度捆在一起固定，再让三根木棍分别向天空伸展，目的就是让豆角秧爬得更高，吸收更多的阳光，结更多的豆角。

但我并不爱豆角，我爱的是豆角叶，尤其是已经长成的，相当于人类三十岁盛年的豆角叶，叶片上密密麻麻布满了小茸毛，可以贴在衣服上，你不去揭，至少三五小时掉不下来。

小孩子最是淘气，最喜欢玩点小闹剧，偷偷揣了几片新鲜的豆角叶，偷偷地跟在大人身后，趁他们不备，轻轻贴在他们腰部的衣服上，其实更想贴在后心处，那样才明晃晃地打眼，让更多人看到，可是身高受限，很难够得着后心的高度。但是小伙伴就不同，假模假样地周旋两句，哄他们转过身去，立即贴到他们的后背处，然后就强憋着得意地笑，看着他们毫无知觉的样子，心里早就乐开了花。

童年的欢乐总是简单，一块糖、一碗芝麻糊、一小段甘蔗，贴了豆角叶在小朋友的后背他却没有发现，每一样都让人欢喜。等到长大了，贴豆角叶早就成了过去式，不但没这个心情，想找一片豆角叶也不是一件容易的事。

没想到我家小小的阳台竟长出一株豆角。是东北的油豆角、西北的扁豆，还是常见的四季豆、豌豆呢？我对着一人高的豆角秧犯疑，虽然开了五六朵花，可是豆角花都是一样的，非等到结出豆角才能知道准确的品种。

在清浅的期待中，第一朵花渐渐枯萎，没有脱落坠地，反而在枯萎处长出修长的一条，哇，肯定是豇豆，因为它又细又长，小蚯蚓似的。终于放下了心，每天浇水，每周施肥，盼望着开更多的花，结更多的果。

不过是六七天的工夫，三根豆角就长到了二十厘米，不摘吧，怕老了不好吃；摘吧，实在不够一盘菜，咋办？我安慰自己再等等，你看那四朵新开的豆角花刚刚枯萎，也结了两厘米长的小豆角，用不上三天，就可以凑成一盘菜——配上上好的黑土猪肉，我要邀请最好的朋友来家品尝纯天然无污染的炒豆角。心里想的那叫一个美，更加勤奋地浇水，不时开窗通风，想让豆角成熟得更快些更美些。

可是那三根已成熟的豆角等不及了，四根新豆角才长到十厘米长，它们竟然泛黄干枯，我心里这个急，心里埋怨它们不懂人心。干脆不等，拿把剪刀就把三根老的、四根嫩的一起剪下来，切了一两猪肉一顿炒了，还真不够一盘菜！虽然没有约任何人，就我自己吃，也只炒出了半盘，而且一半老一半嫩，嚼起来很是有些不爽，跟雨后泥浆地里行走般，一脚深一脚浅地没个准信，反正吃得很不安乐，一点香气也没有。老的发柴咬不动；嫩的就完全没有滋味，只有盐的咸味与蒜蓉的浓香，至于豆角的味，根本没找到感觉。

望着半空中轻摇的豆角秧，如今又开了两朵白中泛紫的豆角花，因为刚刚绽放，竟有点蝴蝶兰的样子，当然是缩小版的。我想起童年时掐下豆角花随手把玩的自在，现如今这每一朵花都金贵着，因为它代表着收获，代表着我的都市菜园梦。

自从有了自己的房子，这梦想就一刻不曾停止，想要一个大大的院子，可深圳的房价早飞到天上去。想找一块有院子的家，那百分百是梦想，只能来个简易版的，阳台上种菜。正所谓是螺蛳壳里做道场，小有小的好处，至少不用那么辛苦，太阳底下晒着，时时锄草添肥，我这只用早晚十几分钟的工夫浇水施肥

就好，至于拔草，那简直算是怡情养心的小助兴，何况一年到头也长不了几根杂草，恨不得多长几根赏心悦目呢。

不过是十天工夫，又一批豆角摆进了厨房，这一次有六根同时成熟的，大小不一，反正是凑不齐一盘菜，但我依旧欢喜，细细切碎了，又将三条黄秋葵切片，加了点猪油渣爆炒，终于凑成了一小碟，翠绿伴金黄，煞是养眼。也不急着吃，前后左右地拍照，发到朋友圈里证明自己终于有了收获，这才慢慢坐下细嚼，咦，怎么这么硬？一点也没有平日里吃的豇豆绵软柔韧，点开朋友圈，正好看到平日里最喜欢种菜的美女小默

发来的评论，她说你这不是豇豆，是红小豆，就是等到豆荚干后剥出来的红小豆，煮糖水或者做红豆沙最好了。

望着眼前还余下的半碟，内心五味杂陈！

都市菜园梦虽好，可专业的事要钻研才能出结果，免得一场无事忙，空欢喜。

万物滋养，没事找乐

男闺密

　　数年不见，小黄的颜值降得不是一点点。我竟没认出，这不能怪我。

　　匆匆经过赵小艳的办公室，不经意地往打开的门里扫了一眼，就往前冲去，结果被叫住。一转头，赵小艳冲出办公室，一脸的幽怨："黄总在里面，你看到也不进来打个招呼？"退回门口一看，小黄正端坐在沙发上，满眼的笑。几乎想掩住脸，不让眼睛望到他。

　　怎么残了这么多？眼角堆出了皱纹，那是岁月的馈赠；曾经明亮的大眼睛，也因为睡眠不足生了疲惫没了活力。可是，可是能不能让裤子平整一些，挺括一些呢？宽松的裤子要形没形，要样没样，还堆了无数的小褶皱，让人一眼望去，就生了畏，以为那是破落户，前来要账或是借钱。

当年，我们都年轻，有着飞扬的容颜。每天下了班，一起打牌，一起唱K，一起吃夜宵，一起八卦身边事，很是兄弟姐妹一家亲了一段时日。然后各自成家，生儿育女，联系渐稀。像我这么宅的中年妇女，深圳是很多见的。下了班，除了洗衣做饭，上网、煲电话粥，业余生活乏善可陈，哪像他们这帮汉子活色生香。中间也吃过几次饭，以家庭为单位活动了几次。可是孩子们渐渐长大，拒绝出行。这三四年，竟没得见。

小黄年轻时是个帅哥，除了说话时的地方口音难改，那真是95分以上的男子。刚刚参加工作的我们因为年纪相当，彼此间说话就不管不顾的，想什么说什么，什么刻薄伤人说什么。他总是包容忍让我们几个尖酸刻薄的女孩子。上街玩时，负责背包，撑伞，拦车。点菜从来没有他的份，全是我们一帮女将叽叽喳喳下决定。吃剩了的，全推到他面前。那时我们都在减肥，没人敢吃主食，没人敢吃猪肉，又馋，只挑肉菜里的青菜吃，猪肉、牛肉都送进了他的胃里，养得他是膘肥体壮。

笑着打招呼，说自己走得急，竟没看到他。小黄就一脸哀怨："是不是嫌我丑了、老了，看都不看一眼哪！"在场的几个人就笑成一坨。微笑着赞他："我就欣赏你这种有自知之明的精神。"又是一片欢乐。约他吃饭，办公室的主人就恼了，一脸的怒，说你怎么抢我的风头，明明已说好了，我请小黄吃饭的，莫非你这是要争？到我家门口来争？

马上讨饶，又蹭了一餐饭。饭桌上，女主人欢蹦乱跳，喜悦的内心像喷泉般汩汩流淌。段子一个接一个，表情忽喜忽悲、忽哀忽怨，那叫一个活力四射青春焕发。真好！忽然间来个年纪相仿、模样还过得去、身材还保持着正常上下的异性，工作都生了无穷魅力。

终于送走了黄总。临别时他还在唠叨："唉！这几年也没联系，你肯定是嫌弃我长得丑，又胖了，又老了，都瞧不起我了。"不理他胡闹，任他一个人唱独角戏。终于没忍住，在车门即将关闭的那一瞬间，温馨提示："没事敷个面膜吧，怎么又黑又干又多皱？"车门咣的一声关上，望着那一溜烟远去的硕大甲虫，想象着车里恼怒的老头儿，止不住地坏笑。

到底没有那么狠心，靠在办公室的门，满眼温柔地对着手机发短信：你看看你一来，我们领导眉飞色舞、神采飞扬，顿时年轻了二十岁。得意吧，你姿色依旧。恭喜，恭喜！

立即收到回信：谢谢闺密！

流年似水，一去不回。

斋打底

　　打小就不爱吃素，就连早餐都要有点肉，否则就吃得没着没落，总吃不饱似的，不能尽兴。

　　那天去朋友家做客，她的大女儿才三岁，她就又生了二胎，还是女儿。江西婆婆很开明，一点没有不高兴的表示，兴冲冲地从南昌赶过来照顾孩子，这让她很是有些动容，当着我的面不断赞美婆婆，说自己幸运，找了个好老公，又碰到好婆婆。这一聊就到了饭点，朋友非拉我在她家吃饭，说你也尝尝我们江西的月子餐。

　　我坐月子的时候就没进补，照常吃着家常菜，只是为了奶水的健康，少盐少生冷食物罢了。一听月子餐，顿时起了兴头，以为是大鱼大肉燕窝虫草啥的，没想到竟然只是炖猪蹄、清炖鸡与蒸鸡蛋，不仅没青菜，贵重的滋补品更是一样也没有。

我就笑她，说自己是想占便宜来了，结果只是家常菜。见婆婆正在厨房忙活，女友马上来了兴头，凑近来悄悄说婆婆的坏话，说她一点也不重视饮食，每次给大女儿都是先喂一碗米饭，才让我女儿吃菜送第二碗饭。这下好，我这月子做了二十七天，女儿至少胖了六七斤，全是大米饭撑的。

听得我瞠目，想不到现在还有让孩子多吃饭少吃菜的家长，我可是打小吃菜长大的，一个月的主食量不够人家一周的量，当然主食也不能吃太少，可是怕胖的人宁肯饿着，也要漂亮。

望着她三岁的大女儿挺着丰满的小肚子满屋淘气，忍不住地发笑，女友恨恨地拍了我一掌，说过几天婆婆一走，就让女儿少吃主食，尽快减下小肚腩。

晚上边泡茶边看书，正巧翻到明代陆容在《菽园杂记》里说江西民俗勤俭，每事各有节制之法，然亦各有一名。如吃饭，先一碗不许吃菜，第二碗才以菜助之，名曰"斋打底"。突然想到女友的江西婆婆，原来这是有古风有传统在的，可不是婆婆自制。立即将此段文字发给女友，告诉她她婆婆这招叫"斋打底"，笑得两个人各自欢天喜地。背后说人坏话，就是有这种得意。

其实省俭是种美德，可要是落实到一日三餐上，就有些清苦的味道。我奶奶最是省俭，但从不肯虚度了我们的肠胃，菜永远丰盛，平常日子也是四五个菜，且一饭一蔬皆精心烹制。

哪怕没钱买肉，上得桌来，亦是美味可口。她最拿手的土豆丝，切得一板一眼，炒得油光满面，家人怕辣，但她总会在码成小山般的土豆丝上摆粒红艳艳的辣椒，或者绿莹莹的香菜叶，让你胃口大开的同时，亦接受美的滋养。

钱锺书说过："我们吃了人家的饭，该有多少天不在背后说主人的坏话，时间的长短按照饭菜的质量而定。"而我这一篇，当然是没吃好的缘故，一念及此，又笑得像个顽皮的孩子。

青瓷与白瓷

年轻的时候，我不懂得投资，只顾着享乐。好在祖传的实在人基因附体，很早就会为了买房买车而奋斗，从不肯失了分寸，乱了阵脚，哪怕多想去陌生的国度去旅行、去浪漫，也从不肯为了梦想，轻易放弃手中的饭碗。

我从来不是一个冲动的人。不管面对什么人与事，总是压抑总是退后总是想逃，从来不是一个勇敢的人。我最怕丢脸，怕失去安定，怕得不到认可，怕明天醒来寂寞无助，所以面对选择，总是退缩。

公司的楼层服务员小妹是个可爱又单纯的，常常犯傻，却不讨人厌。她常帮我洗茶杯，一股脑儿地将茶壶、大小茶杯推在一处清洗，我一直担心她粗鲁的运作会打烂我心爱的茶具，可几年下来，看起来粗心大意的她从来不曾打碎我一个杯、一盏壶，倒是一向仔细小心的我，打烂了好几个喜欢的杯盏。于是放任流之，爱咋咋地。

新年的第一天，到了办公室，就见到平日里常用的白瓷杯倒扣着，有点奇怪。烧开了水，准备烫一下消毒，这一倒过来，才发现里面还塞着一个平日里常用的青瓷小杯。怎么叠到了一起，用手拿，没拿出来。将白瓷杯倒过来，想将青瓷杯扣出，竟不能，大力地敲向桌面，几乎将白瓷杯打烂，依旧黏腻着不肯出来。

咋办？我是聪明的，立即用滚烫的开水淋白瓷杯的表面，想着热胀冷缩的原理，总该缓解一下相互的摩擦，青瓷会掉落出来。然而依旧不肯，两不相离两相依，两者痴缠得厉害。既然热的不行，那就来冷的。

转身将双重杯放进冰箱冷冻室，一放一个上午，到了中午，它们还是紧密相连，一丝缝都看不到。我开始怀疑并想象，小妹是如何将两个杯子挤在一起的？既然能进，那就能出，没理由只进不出哇！

然而任我抹油、打蜡，全无办法，青瓷与白瓷完美地上演了一场小青与白素贞姐妹间的真挚感情，一刻也不想分离。接连几天，我都是双杯齐用，不管是白茶、绿茶，还是普洱，全部是一股脑儿地倒进白瓷杯，然后举起略为沉重的杯子，初饮还是没影响的，可到了喝杯子底的茶水时，就有了难度，你以为已经喝完了，其实在青瓷与白瓷间，还藏着一点，稍不留意，就洒了一下巴的茶，很是丢脸。

好在办公室里就我一个人，要是有旁人在场，会不会以为我半身不遂，有了早衰的迹象。

小妹那几天很安静，总是趁我外出时，才帮我打扫房间，很明显是在躲我。这天终于被我逮到了，她一脸的云淡风轻，我以为她不知道这事，转了几转，才向她诉苦："你怎么把青瓷杯装进白茶杯的？我怎么也得拿出来。这几天，我一直是两个杯子一起喝水。"她听了竟大笑起来，说那天洗完杯子，想着一起拿方便，就把青瓷杯塞进去，没想到就拿不出来了。也没敢跟我说，想着说不定我随手就拿出来了。说完低头一把抓住白瓷杯，举着两杯在我面前三十厘米处，一脸淡定地问："你想保住大的，还是保住小的？我现在去砸了它。"

有那么一瞬，我以为自己遇到了一位女侠，随身携带一把利剑，但凡遇到不平事，立即拍案而起，行侠仗义，快意江湖。为什么我就没有突破固有思维，想着去砸烂一个？我只想着保守的解决方法，从来不去想更快捷的解决方案。略迟疑，轻声回她说保住小的，青瓷吧。她乐呵呵地端着杯子开门走远，仿佛还听到隐约的歌唱。是呀，我解决了她的困扰，她砸了杯子，就把这事忘掉了。留我在原地，还在想着那将永远逝去的白瓷，舍不得，舍不得。到最后，还是要舍得。

我以为她会很快回来，举着青透透的小青瓷杯给我。然而两天过去了，她依旧没有出现，青瓷也不见。也许，青瓷舍不得离开白瓷，两个瓷器一起碎裂了。也许是小妹忘记了这事，毕竟这杯的好坏，与她无关。

然而，每当我进出办公室，望着空旷的茶几、办公桌面，总会想起，曾有一大一小两个杯子，并列排在那里，让我多了选择，可以不时轮换着喝。

　　日子流水一般，这一周又开始了，然而我的台面依旧寂寞，没有白瓷，也没有青瓷，就像被抛弃的许仙，除了怀念，就是怀念。

梦想中的老年生活

　　不经意间，路两旁的玉兰树又一次盛放。

　　我喜欢玉兰花。那样大朵大朵的，或白或紫，在干巴巴的枝头怒放，总让我觉得那是一颗不甘心甚至愤怒的灵魂在枝头飞舞。然而，它并不是愤怒的，它总是安安静静地顾自开放。路上的人来了又走，走了又来，不管你是谁，它就在枝头静静地展现自己的美。来了的人都会带着震惊与欣喜的心情，缓缓离开。

　　近来总是心浮气躁，不知何处可以安放我零乱的心。其实并没想什么，可又总觉得应该要想点什么，做点什么，为即将到来的老年生活做好打算。

　　和朋友谈起老年生活，有的想移民；有的想在无锡优哉游哉地种些花、养条狗、有个院子，院子里种点葡萄，放套石凳石桌，喝喝茶，看看星星月亮。有朋友来，就拿自家泡的果酒喝一点，含饴弄孙；有的想在家乡的农村买块地，种菜养花喂鸡；有的就只想在熟悉的城市终老。

　　我一直是个有梦想的人，只是我的梦想都与钱有关。如果我有了钱，我的老年生活将是这样的：首选广西广东的农村；次选江浙的农村。反正，我不要在城市。我不种葡萄，要种就种果树——龙眼、荔枝、杧果、波罗蜜，还有樱桃。养成群的鸡鸭鹅，还要养猪养鱼，请几十个工人，每天看着他们辛勤劳作，我就戴着凉帽，领着狗，东摇西晃地四处漫逛。光是想一想，都忍不住笑出声来。

　　光种菜太单调，还要种些花，只种山茶，复瓣的那一种。然后我就可以哼着小曲，赏着花，偶尔写首不着调不押韵的小诗，太浪漫啦！

　　如果可以，我要栽很多很多的有机果树，养很多很多的有机家禽，种很多很多的有机蔬菜，一旦收获，我将呼朋唤友前来采摘分享。没空来的，我就亲自送上门去。看到朋友们喜悦的笑脸，我想，我的幸福将比收到礼物的朋友更大更多。

　　希望我老的时候，能实现我梦想中的老年生活。亲爱的朋友哇，你就等着我送菜上门吧！

每当立志减肥，必长三斤

天一冷，胃口就好。不知不觉就长了六斤肉，要不是找出夏末刚买的紧腿牛仔裤，根本没发现自己腰围渐丰。

低头望着拉不上拉链的牛仔裤叹息，为这两个月的胡吃海喝暗暗悔恨，暗暗发誓必须减肥。从今天开始，少油少肉多运动，非在春节前达到标准体重不可，至少把旧衣服穿进去。又换了一条宽松款的牛仔裤，嘿，宽松款秒变紧身服，一边感叹，一边鼓励自己，穿上这条紧身裤，就能时刻提醒自己少吃少喝，推动减肥事业的前行。

一整天的约束下，还真有效果，临睡前称量，竟比早上少了一斤。暗暗思量着，要是一天少一斤，那不是半个月后就能恢复旧身材吗？不用买新衣服，还穿什么都好看。在美好的幻想中睡去，虽然睡梦中几次饿得想去翻冰箱。

减肥很难，尤其是减腰围，是许多女人一生当中的难题。最好是减了腰围、臀围、腿围、臂围，却唯独丰了胸围，这一定是天下女子共同的心愿。

偏偏事与愿违，每次长肉十有八九必先长腰，然后臀，一路向下发展，多半不肯转头逆势而上。终于等到胸围涨了一个尺寸，再看脸与身材，那可真是没眼瞧。可要是吃不好睡不好，或者健身减肥，减下来的肯定先是胸、然后脸，等到终于熬到向下发展，亦是先臀后腿，等到腰围缩减，早就枯瘦得没眼看。世间哪有什么称心如意心想事成，只要有两三成如愿，就已好极，必须感恩。

第二天醒来对镜自顾，只觉得周身无力，脸色发青，但还努力控制着饮食，甚至连晚餐都不敢碰，除了心情有点小沮丧，腰腹部空旷了不少，一个晚上称了三次体重，嘿，又减了两斤！这胜利的果实来得太快，明明饥寒交迫的夜，也变得明丽温暖。睡梦中依旧惦记着去年的旧衣服，还有路边的烧鹅店。

第三天的早餐就有点凶，平日里的一碗粥一个蛋，不知不觉就添了一碗粥，又加了一条肠仔，真是天上地下难寻的美味，不过是平常的肠仔，活生生被我品出五星大厨煎鹅肝与惠灵顿牛扒的滋味，真是饿狠了。

正所谓未来是光明的，道路却是曲折的，中午接到女友的电话，约了去她家吃晚餐，且是她最拿手的生蚝鸡煲，这怎么能拒绝？冬季是深圳著名土特产——沙井生蚝最肥美丰腴的时节。每年生蚝大批量上市，女友肯定会请一次全蚝宴——白灼、油炸、生煎、蒜茸、清蒸、滚粥，至少凑足十二道菜。

可今年的情况比较反常，想要凑一桌人，已不能够，不是这个不肯出门，就是那个有事，或者都怕在寒流来袭的夜晚出门，因为出来的时候满怀希望，归家时除了满肚子的酒肉，就是浸骨伤皮的寒冷。哪有一下班就回家吃点喝点，玩玩手机来得愉悦安乐？我们越来越疏远，不是因为有了隔阂，而是每个人都有了她的智能手机。

好在还有贪吃的我。女友买了最大的生蚝，配清远的土鸡，还有最是清甜的鲜虾，这样的豪华搭配，再加上女友那出神入化的厨艺，怎么能够错过？哪怕相隔万里，我也得山长水远地奔了去。下班立即兴冲冲地捧了束花赶过去，还没到门口呢，就闻到阵阵浓香，她的鸡蚝虾煲简直是天下一绝！先将洋葱、辣椒、蒜头炒软，倒入鸡肉，爆炒后淋入豆瓣酱、少许白糖，再将娃娃菜铺底，将炒得半干的鸡肉倒进煲内，煲二十分钟后加入土豆、粉条，焖八分钟后倒入鲜虾与生蚝，最后撒入香菜与指天椒提高美观度，出锅！其实不用出锅，我们直接连锅上

桌，这心情一好，就没收住，一不小心就吃撑了。

回到家一称体重，吓得酒醒了大半，不但之前减的三斤全长回来，还多了一斤肉呢！虽然有些懊恼，甚至有点悔恨，可欢喜却是实实在在的。你要是问鸡虾蚝煲的味道怎么样，怎么说呢，反正是光盘。

临睡前进行灵魂拷问：为什么每次准备减肥，或者减肥过程中，总有朋友不断地来请我吃好吃的？好在残存的理智告诉我：不是因为我可爱，而是我对这个世界，爱得太多。

香气如谜

　　香味是个怪东西，同样的香气，却不可能让每个人都喜欢。

　　你喜欢的味道，也许是别人讨厌的；你排斥的味道，却可能是别人爱到骨子里的。这跟感情有相似之处，你爱小白脸，她爱粗野大汉；她喜欢口才好的，而你最喜欢的却是沉默寡言之人，正所谓甲之熊掌，乙之砒霜，从来不能世界大同，全民热爱。

　　我从小就喜欢橘子的香气，尤其是橘子皮，闻到就觉得抚慰了身心，尤其是没有胃口、心情又不好的冬日，轻手剥一只橙黄晶莹的橘子，深埋在橘皮的汁液四射里，平日疏离的香分子在空气中撞击爆裂，有一种缓缓而生的安定，仿佛世间事没什么大不了的，一切都会好起来。

我一直喜欢吃橘子，在北方漫长的冬季，再没有比橘子更新鲜、更明媚、更接近阳光与温暖的水果了。偶尔吃到柑，以为这是未长成的橘子，没等到发育完全就被摘下来运到北方，充实贫瘠的冬季水果市场。

东北的冬天实在是可怜，在我小的时候，除了苹果、鸭梨，就只剩下橘子这种新鲜水果，其他的水果，要么是冻梨、冻柿子，要么就是水果罐头。

书上说，"橘生淮南则为橘，生于淮北则为枳"，我暗暗思量，原来同一株树生在了秦岭南就是橙，生在秦岭北就是柑，那生在中原大地以北的，就是橘子。到了南方才知道，橘、柑、橙并不是一种水果，而是芸香科里杂交而成的不同树种，也来源于不同的产地。我亲眼见过橘树、橙树与柑树，很相似，却有小小的不同，老果农一看树冠与叶子便知。就是这小小的不同，让它们走上了不同的道路，结出了不同的果实，香气也有少许的差异。

正所谓龙生九子各不同，一母同胞的兄弟，也可能这人有出息，那个不成才，根本没有道理可讲。明明是相同的教育环境，相同的成长环境，但人与人就是不同的。

前段时间看电视剧《人世间》，哥哥当上了省长，为全省老百姓活得更好而殚精竭虑，弟弟还在为了谋生到处打零工，这样的天差地别，是父母偏心，还是后天努力不同、机遇不同、选择不同造成？就像带鱼，带鱼是我打小就吃惯了的，干煎、红烧、油炸，或者炖土豆，无一不好吃。

多年以后，我吃到了新鲜的长江刀鱼，我看着比带鱼略瘦小的刀鱼，心想上海人就是矫情，这明明就是带鱼，只是未长成的带鱼，更鲜更嫩罢了，竟让上海人炒得这么贵。腹诽而已，不敢多言，怕人笑话。端上桌来一看，上海的做法居然不是红烧，而是清蒸，我心想这得多腥啊，又不见厨师多放些姜丝避味。暗暗思量着，小心地夹了一口，入口忍不住瞪大眼睛，这清甜幼滑的，哪像带鱼？但它明明就是，香气是一样的，只是带鱼是浓郁中略带腥气，非用浓油赤酱压住，而刀鱼是清甜的香，香得仿佛无忧无虑的少年，泛着青春的光。

后来有明白人告诉我，这其实是不同的鱼，只是长得相像罢了。但我总不肯承认，只想把它俩当成一家人，只是大小不同，傻大憨粗的是带鱼，纤细柔嫩的是刀鱼。

初次尝到榴莲，只觉得浓香扑鼻，味道过于浓重，完全无法忍受。更让我难过的是口感，油油滑滑，黏黏腻腻，吞油一般厚重。只吃了一口，不肯再尝。没想到同事爱极，一周不捧两三个回来，就有点相思成疾。闻得久了，不自觉间竟接受了，甚至再有人递过来，也愿意吃上几口，过了半年，买榴莲回来的，变成了我。

有一种心理现象叫作斯德哥尔摩综合征，就是被害者对犯罪者产生依赖信任感，从此爱上他，不肯离开，也不愿意相信来救他的人。据说受虐上瘾是一种病。相同的香味在不同的个体间，体会是不同的。但凡你极喜欢的味道，那必是无法抗拒的，或者说受虐成瘾，就像情感上的依赖症，不知不觉以为这就是人生。

你最爱什么香气？背后又有着怎样的故事？也许在别人眼里普通的香气，于你却是一段传奇。

老歌新唱，最爱你的人是我

永远不老的莫文蔚

这几天被莫文蔚的歌声环绕，神魂颠倒。

初次听到她的歌，还是二十年前。当时只觉得声线特别，有点慵懒、有点感性，有点冷、有点妖，有点自恋、有点自欺欺人的小得意。

度过了白纸似的十年，忙忙碌碌并不得闲，只是身体里的某一处，总觉得虚空，总觉得应该换种活法，却又找不到努力的方向，突然发现莫文蔚的声音那么美，美到惊人！《如果没有你》《忽然之间》《他不爱我》这些歌，如果换成别人来唱，味道绝对不一样，一定不会那么刺痛心房却面色如常，漫无边际的绝望铺天盖地而来，你无处躲藏，却面带着微笑，假装云淡风轻，我很在乎，但我很坚强。

羊年的春节晚会，依旧不老的莫文蔚轻歌一曲《当你老了》，甫入耳际已有微微的泪，急忙去包饺子，假装无感。兜兜转转了那么多年，她终于嫁了人，竟是她十七岁的初恋。虽然那人已发福，经历离婚，还有孩子，中间隔了那么多的山河岁月，可她还是欢喜的吧！每一个女人都盼望着踏入婚姻的殿堂，嫁给自己心爱的男人，携手一生，不离不弃，哪怕等了那么久，只要能够等到，总是幸福。

莫文蔚嫁给三子之父的初恋情人，一定是因为真的爱他。初恋最美好，全无利益交换。莫文蔚一直坦率直接，爱了就爱了，不爱就分开，分开了依旧是朋友。当年爱上周星驰，是因为他的才华——他教她品红酒，指引她走上歌手的道路。情感转淡后，并没有反目成仇，一旦他需要她，她总义无反顾地冲过去，这样的女人，当然会有好运气，好收成。

爱上冯德伦，一样是因为他的才华，同居九年后，看不到未来的莫文蔚单方面宣布分手，同时表达感激，这样的大度、宽容，怎么能不让人刮目相看？她的每一步，都走得踏实，步步生辉，阳光自信。懂得取舍的女子，当然会获得幸福。我希望每个优秀的女人都像她一样，哪怕孤单半生，终能寻到相爱的人。

这几天，无论是开车，还是上下楼，莫文蔚的《当你老了》一直在耳边回放。那样性感妖娆的声线，那样冷静空寂的歌声，在午夜的梦里盘旋游荡，仿佛有一双温柔修长的手，轻轻穿过我散落的长发，一下一下，理顺零乱的发丝，终于贴近耳边，予我一吻。

当你老了，头发白了

无意间哼起这一句，眼角就溢满了泪。

每逢周末，就是我最忙碌的时候。至于忙什么，不过是些无所谓的闲事，可做可不做，可我总是急急地冲上去忙东忙西不得闲。收拾家务，接送孩子，陪着孩子读书，围着孩子转，仿佛就有了成就感，觉得自己的存在就有了价值。有时累得狠了，很想逃避，给自己自由，也给孩子自由。

我当然明白，不接不送就是给了女儿自由，让她自然生长。

接与送的过程，当然有喜有悲，我会因为一点小事批评孩子，当然也有鼓励。然而女儿认为我太烦了，倒是她那些从来不管孩子的同学爸妈，都是开明智慧，总之是极好的。一边开车，一边叹息，抬头望向后座玩手机的女儿，她早已长大成人，可我偏偏不肯放手，总是想着陪伴、跟随，甚至是纠缠。日久生厌，都是一样的，无论是夫妻、朋友，还是母女。当然我也确实够烦，特别愿意关心人，不管对方愿不愿意，使劲黏上去奉献爱心。

为了提醒自己多给女儿一些空间，特意在房间门口贴上了一句话："能不接送就不接送，能不提醒就不提醒，最好就是少说话、少看，只听人家的指示就好。"能做到不？一两周，还是可以的。这就是妈妈呀！

近来总觉得累。春困秋乏，也是有的。可闲下来的时候，多多少少有了怨气。如果我老了，如果我干不动了，有谁会帮我呢？不管是买菜做饭，还是收拾家务，甚至不舒服了去医院，谁能来照顾我？昨夜喝茶，女儿围着我东转西聊，讲舞蹈班的八卦，讲健身老师的是非，"你知道吗？她好搞笑的，但凡我们哪个动作没到位，或者坚持不了，她就批评我们：'你们这点苦也吃不了，还能做什么？你们想想长征二万五千里，再看看地震时冲在前面救人的子弟兵，才十八九岁的战士，人家那么肯吃苦肯牺牲，你们才有今天的生活。做点运动都受不了，你们还能做什么？太娇生惯养了！'我们还没生气呢，她自己先气得不行……健身老师是当兵出身，没事就把我们当成小兵来训，方向不对嘛！我们只是想提高跑步的速度与成绩，可她完全没有起作用啊！"话音未落，替当时挨训的自己委屈不已，气得脸红眼斜的。我自然不出声，由得她发泄不满。

很多时候，发泄过后就是云淡风轻。没一会儿，她又开始研究我的头发，轻轻拨动发丝，发现了一根白发，问我可以拔下来吗？当然！立即！马上！

望着那根灰白的发丝，口中的茶顿增苦涩，一把搂过女儿，"妈妈老了，有白头发了。你要照顾妈妈，不许气妈妈，不许让妈妈担心！"正撒娇得欢，那一边送上轻轻一吻，"妈咪，你放心，我一定会照顾你的。等你老了，我没事就去陪你。我一直觉得老年人要穿得体面，至于我们年轻人，穿穿舒服的运动服就好。老年人就不同，只有穿得体面，人才有自信。"这话，这话太贴心了！

当我老了，亲爱的孩子，如果你有空陪我，我很欢喜。如果你没空，那就照顾好自己，不管你如何对我，我都会一直爱着你。

跟往事干杯

年终岁末，千般滋味涌上心头，总想写点什么，纪念这即将过去的一年。好像有许多话要写下来，打开电脑，却无言。这样纠结的心情，就像陷入热恋时，站不是，坐不是，吃不是，喝不是，翻来覆去的，有根软刺顶在心头，酸一会儿、热一会儿、痒一会儿、麻一会儿的，没个消停。

真快！还没做好准备，这一年就要收尾。依旧是按部就班、平平静静、有得有失的一年，也挺好。如何总结这一年？辗转着、思量着，终于放弃。拖着行李，出了家门，逃离深圳。

暑假就向往着去云南狠狠地大吃一餐野生菌，火锅、凉拌、清炒、煮汤，剁馅儿包饺子，一样也不能错过。到了11月，又牵挂着腾冲的银杏，东呼西唤的，几个老友都动了心。讨论了半个月，银杏叶黄了、银杏叶落了，兴奋了半个月的中年妇女还老老实实地待在原处，为着三餐奔忙。

转眼就到了年底，闷在深圳城中一年的中年妇女憋出皱纹来，如果再不出去走走，会不会抑郁出病？人到中年，最要看清的一点就是健康最重要，为了身心的健康，必须出走！进了机场，还没过安检呢，心情就畅快起来，眉眼弯弯的，笑容止也止不住，这拍拍、那照照，不管是拍人还是拍物，画面明亮、构图温暖，喜悦的心情收也收不住。

离开了工作的城市，仿佛放飞了一般，整个人轻松起来。哪怕旅途劳累，哪怕吃的住的用的都不好，清晨醒来，笑意却是忍也忍不住。不用牵挂早起路上的塞车，不用分析上司安排事务的轻重，不用纠结说出的话是否妥当，更不用想着买什么菜做什么饭，没有忙不完的家务、早晚接送孩子、转达老师的作业，更不用想着几点睡几点醒，整个人如同无线的风筝般自由自在，想往哪飘就往哪飘。

刷牙洗脸下楼寻食，一边走一边哼起歌来，正是姜育恒的《跟往事干杯》，突然想起姜育恒，脚步慢了下来，他也老了吧？

第一次听他的歌，是1990年的春晚，一曲《再回首》让全国观众爱上了这个儒雅又忧郁的男子。成熟稳重的外表，沧桑温柔的声线，瞬间红遍大江南北。姜育恒结婚三十五年没有绯闻，年纪越老越有味道，这样的男人，是每个女人一生向往的爱人，我一直喜欢他。

刚参加工作时，公司组织卡拉OK比赛，我以一曲《驿动的心》荣获三等奖，也得到同样喜欢姜育恒的前男友的关注。那时我们常常一起去买姜育恒的磁带、CD，后来他开始喜欢张学友，而我去了深圳。

深圳的生活当然精彩，闲过、累过，得到过、失去过，爱过、恨过，好在一切都成为人生路上的风景，闲暇时回顾，只觉得像一部电影，主角却不是我。虽然经常要独自面对各种挑战，也庆幸结交了三五知己，遇到大麻烦时可以伸手求救——当我买房凑不够首期，两个好友立即转来五万元钱，解我燃眉之急，那一刻，我知道自己在深圳是真正立了足。

能够借钱给你的朋友，当然是真朋友，一生感激，一生铭记。可拥有再多的朋友、再好的现在，也不能停下脚步，谁知道明天会有什么样的变化，唯有努力向前，过得更好，才是生活唯一的真谛。正如歌曲《跟往事干杯》中唱道：也许那伤口还流着血，也许那眼角还有泪，喝一杯，让一切成流水，把那往事当作一场宿醉，莫再要装着昨天的伤悲，跟往事干杯！

终于，我遇到了一个爱我的男子，他像春季的阳光温暖了我枯涩的心。但凡受过伤害的人，总渴求着一个爱她胜过她爱他的爱人，很幸运，我遇到了。婚后的生活有喜有悲，有苦有乐，从高峰到低谷，从热恋到视而不见，好在深圳依旧美好。可哪个女子不向往热烈的爱情呢？恨不能一生浸泡在蜜罐里。

　　好在人到中年，再浪漫的人也会变得清醒。得到的，要珍惜；失去的，要放过；没得到的，要释怀。

　　跟往事干杯，跟明天说：余下的人生，我会努力过得更好，让那些爱过我的人自豪，他们没有爱错。

她来听我的演唱会

张学友即将开演唱会。不用知道曲目，只要是张学友来唱，就已足够吸引人。

年少不喜张学友，喜欢已是过来人。他一开口，就让你沉醉。一首《吻别》，几乎辗出你的眼泪，虽然并没有与谁分离，可经他的深情演绎，总让你动情。他的声线全面覆盖，无论是快歌、慢歌、情歌、舞曲还是歌剧，无不击破，淋漓尽致地宣泄着你想要的情感，无不动人！

广东朋友极喜欢他的《饿狼传说》《遥远的她》《相思风雨中》，其他地方的歌迷喜欢他的《吻别》《想和你去吹吹风》《忘记你我做不到》，而我最喜欢的歌，知道的人可能不多——《她

来听我的演唱会》，歌词极尽温柔，讲的是一个女歌迷从青春年少一步一步迈入疲惫的中年，说尽女人这半生，辛酸又真实。

第一次看张学友的演唱会，是在香港红磡体育馆，与好友巧玲下午就奔了香港，美美地吃了下午茶，闲逛了一会儿，坐地铁直奔红磡体育馆。激动啊，终于来听他的演唱会，那时我已三十四岁，正是将老未老、身心最疲惫时。香港演唱会所唱的曲目多是粤语，好在也有不少是听过的。不是不遗憾的，对于北方长大的人，最爱的还是普通话。

香港演唱会最大的优点是唱台离观众极近，当时买的是第一排，唱到半场时，张学友舞过来，就站在我面前歌唱，距离不到半米，那种感觉，并不是激动，而是温暖。好像邻家哥哥走过来送你一瓶夏日的冷饮，又似冬季里的一只暖手宝，淡淡的喜悦，满眼的温柔。他满脸的汗，我忍不住抽了张纸巾给他，不敢伸手去擦，也明明知道他不会擦，弄花了妆就不好了。可就是忍不住想送张纸巾，表明自己的关心与喜欢。

喜欢张学友的人，都步入中年了吧？他的演唱会里很少有尖叫狂吼，要么是全场大合唱，要么就是安静地倾听，满场的温馨。随着他的歌声，无数的画面重现——初恋的爱人，亲密的朋友，那些无忧的时光，那些强说愁的日子，那些心碎又努力往前冲的岁月，虽然远去，却从不曾遗失，一直潜伏在潮湿的夜里，轻轻哼唱。

演唱会结束，红磡体育馆门前一溜的小贩销售光碟，微笑着扫过去，闲闲地选了两张歌碟。回到深圳，一切如旧，仿佛昨夜的演唱会只是一场春梦。上班的路上打开车里的音响，飘进耳朵的就是《她来听我的演唱会》，几乎惊呆。世间竟有这样的歌曲？这明明是一个女人的半生写真！

十七岁的初恋，为了她可以排整夜的队，只为让她去看偶像的演唱会，可是说分手就分手，再也找不回；二十五岁的她又恋爱了，以为可以进入婚姻的殿堂，他却背着她送别人玫瑰，成年人嘛，分手根本无所谓，可她流了很多的泪；三十三岁了，孩子刚刚出生，却有年轻的女孩子找到家里来，求她让位，让男人与年轻女孩远走高飞；四十岁了，又来看他的演唱会，孩子问她为什么流泪，她不回答，身边的男人早就睡着了，她静静地听着演唱会，全不在意男人是否同步，有着心灵的默契。

歌词惊心！就像看了一部电视连续剧，无数的曲折与暗夜，流不尽的眼泪与强撑的欢颜，对他渐渐冷却的心与对生活依旧滚烫的爱。

现在的我最喜欢这一句歌词：四十岁后听歌的女人很美。是的，很美！

我的口袋，有三十三块

寻了条紧身牛仔裤，配白色T恤，踩着坡跟鞋来上班。很舒服，好像一点压力也没有似的。

忙到中午，不知道吃什么来打发饥肠，在老友群里约午餐，并就吃什么进行了投票。结果面条打败了河粉，肯赴约吃午餐的，七成是想吃面条的，偏偏我不想吃面条，于是放了个大飞机，那些想吃面条的自行组合去了城中知名面店，而我就饿着肚子闷在办公室里玩手机。

正玩得无聊，老友发来吃浪漫大餐的视频，一圈菜摆好，服务员拎着水壶往餐桌正中的干冰盆里淋水，瞬间云雾缭绕似梦幻，一圈人纷纷拿着手机拍照。

睡不着，冲了杯咖啡，这下好，精神百倍，在办公室里转着圈地散步。我一直向往中午没有午休的工作，最好是早上8点上班，直落到下午4点，中间无停无休，下班走人，不管是上班还是下班，路上都是车少人稀，不堵不塞快速到家。

胡思乱想着，无意间摸向牛仔裤后侧口袋，咦！有什么东西？掏出来一看，几乎笑出声来，竟是折叠的三十三元钱，一张二十元、一张十元、三张一元，这是什么情况？难道是想唱歌？郑智化的《我的口袋，有三十三块》：这样的夜，无法打车回来，只有赌输了的男人才会回来，赢钱的总是逍遥在外。

笑容还没凝固呢，又懊恼起来。这口袋里有钱，说明什么？半年没洗呗！这条紧身牛仔裤还是春尾时穿过的，这都入冬了，居然还没有洗。顿时对自己生了嫌弃，怎么会脏成这个样子？怎么会懒成这个样子？

仔细回想当时的情况，一定是听了老友的劝，她总是提醒我不要经常洗牛仔裤，说是最好一次都不洗，穿了之后就挂起来，让它保持穿着时的形态，时间越久，这牛仔裤就越好看。当然不信！穿过一次就要洗，不洗就觉得满裤子都是细菌。一定是穿这条牛仔裤时，她又在啰唆，归家后想起她的话，随手就挂到衣架上，过了几天就入了夏，慌张张地收起来，忘记了洗。一定是这样！如果不是这样，怎么能够原谅自己？

望着手中的三十三元钱，一会儿恼老友，一会儿又觉得赚到了，但凡无意间发现有钱，总是欢喜得像捡了钱似的。轻轻哼起郑智化的歌，好像自己才十八岁。

年轻那会儿，郑智化正当红。我很喜欢听他的歌，还特意买了他的原版卡带，放在随身听里不离不弃。他的《淡水河边》总会惹出我的眼泪，《水手》更是一个字一个字地记在心里。《你的生日》总让人瞬间低落，仿佛一生无人疼爱、无人珍惜似的。这样矫情的我，竟也这般活到了中年。

回顾这半生，我失去了很多，但得到的更多。有人爱，有人疼，有人欣赏，有人妒忌。走过的时光，遇到的人，行过的路，穿过的衣，都让我倍加珍惜当下的每一分每一秒，每一个朋友。

这意外发现的三十三块钱，准备转成红包发到老友群，当成我爽约的道歉，也感谢她们的一路陪伴，因为有她们，日子生动而精彩。

我是真的爱你

好久没有打开CD，随手一按，竟是李宗盛的歌。

知道李宗盛，是他作词作曲的《明明白白我的心》，然后听了不少他经手的歌曲。如果最初听的歌是由他本人演唱，我肯定不会喜欢他。他才华横溢，作词作曲皆佳，唱功很一般。

夜来无事，一帮中年妇女在群里讲起年少时喜欢的演员、歌手。说起肖雄、龚雪、关牧村、蔡琴，还有达式常、张铁林与蔡国庆，都是20世纪八九十年代流行的明星。

肖雄主演的电影《蹉跎岁月》打动了一代人，我喜欢她，特别大气的长相，醇厚而清醒的声音，淡定从容的仪态，如果能成为像她这样的女人，一定是极好的！龚雪是一代男生的女神，觉得她清纯而高贵，《大桥下面》《快乐的单身汉》两部电影将她打造成一代女神，尤其是那双如月明般的眼睛，迷住了多少人。我也喜欢她，将她的杂志封面压在玻璃台下，扫一眼都生了快乐。还有沈丹萍，《被爱情遗忘的角落》里甫一出现，那淳朴的美瞬间打动无数人的心，可生得那么美的她，总让我喜欢不起来。后来她嫁了个老外，生了两个美貌的娃，生活条件优渥。

关牧村明明是个歌手，低沉的女中音极是打动人心，偏偏有个导演鬼迷心窍拉她主演了一部电影，再好听的声音也无法让我再喜欢她，不是每个人都可以玩跨界。可蔡琴，经过岁月的打磨，却越来越美！哪怕经过无数磨难，越来越老的蔡琴却越来越知性优雅、幽默风趣，她将过往的遭遇当成笑话讲出来，云淡风轻间，超脱而高贵，让人肃然起敬，丝绸般的声音也让你不知不觉地想听她唱得更多，说得更多。

一边聊着，一边止不住地叹息，我们终于到了怀旧的年纪，原来我们这群女友都已人到中年。

达式常是我奶奶的男神，觉得他比我爷爷还好看。我仔细观察了一下，觉得达式常与我爸长得有点像，也许这是奶奶喜欢他的原因。我妈喜欢蔡国庆，因为他谦和温暖。我妈一见到蔡国庆出现在电视里，立即换了温柔的眼神，好像那是她亲人一样，喜眉笑眼的，碗也不刷，桌也不擦。而我喜欢吴彦祖和郭富城，因为他们帅！

香港四大天王正当红时，我最爱的就是郭富城，那微眯的眼神，迷人至极！可是他的声线喑哑，总听不清唱的是什么，好在郭富城没有辜负那么多喜欢他的粉丝，年纪愈长，愈是优雅，哪怕满眼的皱纹，依旧有型有款。一个人年轻的时候漂亮不难，难的是随着岁月的摧残，还能保持美丽。好在有郭富城、达式常、肖雄这样的明星，照亮我们平淡的生活，让我们相信世界还有美好长存这件事。

李宗盛与林忆莲的爱情故事，当年是多么轰动。两个人都是长相平凡，却有才华的代表，能够走到一起，当然是动了心、动了情。虽然最终没有相伴一生，却收揽了无数的粉丝，包括我。

喜欢李宗盛，与他和林忆莲的爱情故事是分不开的。两个人都没有说对方的不好，没有羞辱，没有争执，发表了一份文艺感十足的声明，了却了一段尘缘，这可实实在在地打动了文艺中年的心。后来看李宗盛的演唱会，当演唱写给林忆莲的歌时，老男人眼角的泪，声音的哽咽，不管是真情、是假意、是表演，还是忆起旧光阴，总让我泪湿于睫，鼻子酸痛。

是呀，不管结局如何，只要曾经爱过，只要曾经相拥，这一生就没有白活。

至少这一生，我们曾经真的爱过！

星星点灯

昨天只觉得肚里闹，大中午忙完手上的工作，已近一点，虽然时间紧张，还是冲到羊肉店吃上一碗东山羊肉粉。

羊肉里，我最喜欢海南东山羊肉，因它膻味最小。偶尔也会吃点新疆、宁夏的羊肉，至于内蒙古的羊肉，少吃一点还是可以的，天不能冷，如果天寒地冻再吃点膻气重的羊肉，甫一出酒店门，被寒风一吹，九成会当场呕吐。这是小时候留下的病根，得治！一定得治好。

童年时家境一般，但家里一直牢记"民以食为天"的祖训，哪怕大环境逼仄，家里好吃的东西还是不少。爷爷提前退了休，几个叔叔均已成家立室，每个月都会孝敬十元、二十元，爷爷的生活水准不低。每到腊月,奶奶就会发动几个儿媳妇包饺子,一包就是几百个,当然是给爷爷吃。其他人可以吃一点,但也仅限于包饺子那一餐,剩下的全部冻起来,一股脑儿地倒进仓房空置的大水缸里。每天清晨,爷爷散步归来,冲一碗滚烫的鸡蛋水,煮一碟胖乎乎的羊肉饺子,爷爷最爱吃羊肉馅儿的饺子,说是坐着不如倒着,好吃不如饺子,最好吃的就是羊肉馅儿饺子。

家里并不常吃羊肉。羊肉不易买,常常是傍晚时分,周边县城的养羊人家偷偷宰了,躲在路边匆匆售卖。国营的肉店里倒是常挂了羊头,却不见羊肉。常常是爷爷散步归来,左手拎着棉帽,右手扯着一条麻绳捆住的红彤彤一团肉,奶奶就喜眉笑眼地取了去,先用冷水清洗干净,瞬间就利落地剁成了馅儿。吃过了晚饭,几个儿媳妇纷纷从四面八方赶了来,你和面,我切葱,那个剁胡萝卜,一阵地忙,嘴里也不闲着,讲着单位或者亲戚的闲话,或是邻里的八卦,一个个嘴里说着,手里忙着,昏暗的灯光下,一圈又一圈的温暖四面八方地传递。

不记得是八岁还是九岁,有一天和母亲怄气,不肯吃晚饭,只闷坐在奶奶家的炕角发呆,时不时地在炕上使劲蹬腿,表达心中的不满。奶奶叫我吃晚饭,不肯。奶奶叫我吃瓜子,不肯。奶奶叫我吃爆米花,不肯。家里常常爆了一大锅的爆米花,全部铺在炕头上烘着,保证它一直酥脆。没事就抓一把爆米花,只觉得是人间美味,虽然放的是糖精,太甜,甜得人总是渴,像条蹦到路面的鱼儿,不喝点水就甜死了去。

到了晚上8点钟,爷爷奶奶要睡觉了,我还饿着恼着不肯回家。爷爷突发奇想,叫奶奶煮碗饺子端到炕桌上。突然闻到肉香面香，还有那热乎乎的气息，竟饿了，没等多劝，十个饺子就进了肚。突然就美滋滋的，忘记了忧愁与恼怒。恰好母亲来寻我，立即下了炕穿上棉鞋归家。

离家并不远，五分钟的路程，房间里是那么温暖，刚一出院门，一阵呼啸的寒风打过来，全身都打起了寒战。刚想说一句"好冷"，甫一开口，一股冰寒之气就冲进了喉咙，不等喘气，已有一股冲动涌上来，好好咽下去的十个饺子裹着胃里的酸气恨意一股脑儿地涌上来，吐得天旋地转，两眼发青。母亲吓到了，忙扶住我，少有地没有吼没有恼，一味拍着我的背，摩挲着我的胃。

小小步子走着，只怕路滑跌倒。远处迷蒙的灯火，不时如梦幻般飘摇，有几处犬吠，有几处鸡鸣，还有谁家的孩子不肯睡，被年轻的母亲咿咿呀呀地疼，路两边的几棵榆树，早不见了叶子，唯有稀疏疏的枝干随着风舞，左颤右颠，摇摆不定。天空中空荡荡的，没有月亮，竟有几颗星，一闪一闪，照耀着归家的路。

终于到了家。喝了杯热水，脱了棉衣、棉裤，上床睡觉。胃里很空，却不饿。困意袭上来，却到底流下了几滴泪。家里的暖气很足，为追求时尚，我家一早拆了火炕，睡的是铁架床。因为供暖强劲，房间里暖而干燥，没等睡着，枕边的几滴泪就蒸发得一干二净。什么时候，什么时候能够离开这天寒地冻的北方？我一直向往着没有冬天、没有雨雪的归处。一旦踏足，永不离开。

从此不能吃羊肉，闻到就想呕。直到我在深圳被朋友强拉着去吃了海南东山羊肉火锅，才又开始吃羊肉。海南东山羊肉的腥膻气最少，鲜嫩无比；西宁的羊肉细腻浓滑；新疆羊肉也不错，生猛狂放，滋味无限，任你想象风吹草低的辽阔，可再美味的羊肉，如果没有配上美酒，总是少了滋味与兴致。

一早就约了老友林有财、胡之胡、莫小楼，还有一众文艺女青年一起去草原放马奔驰，抢着羊腿论英雄，大口喝酒大口吃肉，一起高唱《星星点灯》，这曾是我年少时极喜欢的歌曲。星星点灯，虽然不曾照亮我的前程，却到底燃亮了我们找寻的路，一路寻着，终于寻到了同类，寻到了无关利益的朋友。

星星点灯，点燃我们曾经青春的岁月，照亮更美的未来。

一生所爱，白云外

第一次看东方卫视的《天籁之战》，就听到男歌手杨子唱的《一生所爱》，第一句已直穿人心，让人鼻腔发酸，眼眶微红。望着屏幕里那个光头、小眼睛、微胖的男歌手，目不转睛地，身与心皆微微地战栗，几乎泪奔。

杨子的声线沙哑、细腻又饱含沧桑，有一种受过伤害、历经磨难后的成熟男子味道。我对《一生所爱》这首歌并不陌生，初听是在周星驰的经典电影《大话西游》的结尾：与紫霞长得一样的女子与夕阳武士对峙在城墙上，女子渴望武士的爱，武士却不愿意为了一个女孩失去整片森林。墙下的吃瓜群众指手画脚，讥笑着痴情女孩。至尊宝使用法术让武士走过去吻了女子，让他相信自己是爱她的，从此不再漂泊天涯，安定余生。当他们相拥接吻时，至尊宝转身落寞地离去。他终于明白，自己对紫霞的爱是浸入骨髓的，他带着悔恨，带着终于服从命运安排后的无奈，跟随唐僧西天取经。此时音乐响起，香港老牌歌手卢冠廷演唱的《一生所爱》苍凉冲出。电影一帧一帧的画面在眼前滑过，当紫霞跌入地狱中死去，至尊宝忍着剧痛却依旧抓不住紫霞的手，那些明明相爱却错过彼此的经历在你脑海中盘旋，你忍住，没有哭！可歌声一响，你的心在颤抖，好像十二级地震来临，抖得骨头断裂成段成泥，此刻的你全无思想，眼泪喷涌而出，怎么忍也忍不住。

昨天读到一句话：活着的甜美，不在于享受完美，而在于享受挣扎。过去，带着虚幻的美好。未来，可能不会发生。只有挣扎的现在，才是最好的状态。不知道至尊宝是否明白这个道理，这一生的挣扎，就是我们活着的证明。

《一生所爱》由卢冠廷作曲，他的太太唐书琛作词。莫文蔚演唱的版本亦是粤语歌，影星舒淇唱的是电影《西游降魔篇》中改编过的普通话版本，还过得去，能听。最好听的一直是卢冠廷的粤语版。可当我听了杨子唱的普通话版本，顿时觉得这是《一生所爱》最伤情、最动听的一曲，撕心裂肺、抓肝挠肠的，只想抱着爱人痛哭一场，最好是永不醒来，于是再无焦虑与失望。爱极，听了半个晚上，醒不过来。

第一次看《大话西游》，根本看不懂，不明白可怜的至尊宝跑来跑去，在一个又一个女人间忙碌不休，却好像谁也不爱，纠结得不行。这部电影到底要表达什么？年少所受的教育，让我成为一个好学的孩子。但凡读书、写作、看电影，总要做个归纳总结，提炼个中心思想，恨不能老师出现在面前，立即递上饱满充实的作业本，一行又一行，俱是心得体会。然后焦急地等待老师提问，满脸骄傲地大声回答：这部电影表达了什么，说明了什么，揭露了什么，告诉我们做人做事的道理。得了老师一个满意的眼神，立即昂着头，恨不能环顾左右，喜滋滋地坐下。我常想象，如果活在古代，我肯定能通过八股文的考试。可是，《大话西游》要表达的，是什么呢？是你不明白你的心，还是失去的才最珍贵？

世间种种情爱，到最后必然成空。唯有白云千载，却是空悠悠。你的一生所爱，哪怕已经失去，至少曾经拥有。心里时而空空，时而满满，眼角时而忧伤，时而微笑。一生所爱，哪怕消失了，哪怕不在眼前，却一直长存心底。

可不可以，你也会想起我？

8月的最后一天，打仗一般，终于将这一天收了尾。到家才想起家里没有晚餐。冰箱里除了几种水果、几盒月饼、冷冻的黄鱼鲞，没有可以当作晚餐的食物。而我这一天，只吃了午餐。

这是什么样的日子？是女儿不在家的日子。一一的住宿生活开始了，她娘的萎靡时光亦无奈地展开。

昨天是女儿的开学典礼，她爹极为重视。特意奔去香港选了一套深色系西装、钉扣的雪白衬衫，还有乌黑的领结。那隆重庄严，不知道的，还以为他要大婚。大清早，不待催促，吃了碗燕麦粥，就冲进浴室，从头洗到脚，收拾妥当，那玉树临风的人儿满眼晶亮，一根一根的发丝迎风飘扬，挺拔的腰肩像一支欲掷出的标枪，锃亮的鞋面可以滑倒苍蝇，对着镜子左照右看，忍不住地啧声连连，几乎被自己的英伟雄姿迷醉过去。一转头望见那衰老枯败的老婆一脸愕然与崇拜，马上催她帮忙系上领结与衬衫的袖扣。二十四孝老婆马上凑过去小心服侍，三两下，那准备参加总统竞选的人就出了门，哦，不对，是参加女儿的开学典礼。吓坏了他老婆！这样的庄重，表明内心的重视无比。

反正我是不去，因为没有人邀请我。——只邀请了她爸，理由冠冕堂皇，"妈咪，你要上班哎，老爸反正闲着。老爸，就你了，你去参加。"说完马上回房间，假装很不在意，好像这开学典礼根本没有人愿意去。她娘私下里很是伤心了几天。好在这个相识了二十年的男人还算有爱心，不时将现场图片发送过来，分外安慰了失落的老心。

典礼结束，帅老头儿分外兴奋，更兴奋的是他的贴身衣物，因为闷热全湿了个透。先是嘚瑟自己着装的庄严，然后就是痛骂同学家长穿得那叫一个随便，搞得他像异类一般。其实我早就想提醒他，虽然每次大型活动主办方都会要求着装正式，可是随意惯了的广东人才不在意，哪怕是公司上市，都有老板穿着短袖短裤拖鞋上场。广东人更注重吃的住的用的，不像江浙一带更注重仪式与外表。

洗了澡，换了家居服，帅老头儿终于放松下来，歪在沙发上泡茶，可是滚烫的茶水也掩不住那激动的心。一会儿叹气，一会儿得意，一会儿担心，女儿终于独立了，这是必须要面对必须要有的经历，可为什么心里空了一个洞般，呼呼地往里灌着北风。

突然想起陈升的老歌《把悲伤留给自己》，"能不能让我陪着你走，既然你说留不住你。无论你在天涯海角，是不是你偶尔会想起我，可不可以你也会想起我？"一时之间竟痛哭失声，想起女儿从襁褓中一天天长大，终于独立外出，不肯让我陪伴左右，过去的光阴如电影画面般，一帧一帧，全是喜悦，全是光亮。年轻时总觉得《把悲伤留给自己》是首情歌，可年龄渐长，才知道是唱给自己的挽歌，唱给岁月，唱给爱人，唱给子女，唱给最终必将孤独的自己。

夜来了，又过去，忧虑的妈妈一直想着第一次住宿的女儿。一天又一天，好像过得很快，又好似很慢。——初中同学的妈妈在微信里晒孩子小时的照片，无数的回忆与甜蜜。她说：为什么我不记得公司同事的名字，却记得女儿幼儿园、小学、初中所有朋友的名字，见了那些已长大的孩子，还会忍不住想去摸摸他们的脸。

是呀，我也不记得大部分同事的名字，却记得——好多朋友的名字，见到他们，会像见到自己孩子般地喜爱亲切。加了微信的几个妈妈纷纷回复，都在思念住校的孩子，觉得突然之间好孤单。瞬间有热流喷涌，泪湿了脸，一行一行，又一行，忍都忍不住。

亲爱的女儿，你终于开始了住校生活，一定很兴奋，一定会很快地适应集体生活，一定、一定也会常常想起我吧！高中生活精彩又紧张，我并不希望你成为一个小学究，更希望你成为一个全方面成长的孩子，乐于参加各项活动，每天运动，完成作业的同时，参与社会活动，当义工，爱护环境，保持卫生，结交几个一生的朋友，学会与同宿舍的人相处……

　　夜深了，还没有想好吃点什么，到底开了冰箱，抽出一板巧克力，一片一片地掰开送到嘴里，三两下就融化了。再来一片，有温暖与喜悦缓缓生发，仿佛春深的花朵，不经意间就盛放在眼前。

大江东去，不必回头

柴米油盐酱醋茶

喜欢做饭的人，肯定不多。尤其是把厨师当成职业的，更是日久生厌。

小时候看妈妈一日三餐地忙，很是不解，天天就为这么点事忙碌，尤其是看她那投入的样子，好像人生最重要的事就是做饭吃饭，而打扮得漂漂亮亮，去很远很远的地方旅行，读一篇满是诗意的文章，这些美好浪漫的事却是可有可无的。一日三餐，当然都不能落下，但总会奢求着在庸常的日子里，有一点小惊喜，有一点小特别。虽然这般奢求着努力着，没事还是常去妈妈家蹭饭。我妈最拿手的就是炒土豆丝、焖油豆角，还有烙饼。

不管什么面食，到了我妈手里，都有

化腐朽为神奇的创举，哪怕是粗糙的玉米面，她也能烙出表皮酥脆、内里绵软的玉米饼，要是再加点馅儿，不管是肉馅儿、菜馅儿、糖馅儿、花生芝麻馅儿，还是红枣馅儿，无一不美味。

可能妈妈的手艺越好，孩子的口味越刁钻。反正从小到大，哪怕是五星大厨出品，我也很少会无节制地吃撑。因为不管吃什么，都可以挑剔出点不足来。唯有我妈做的饭菜除外，她烙的韭菜合子，我能吃四个；她烙的糖饼，圆形的，比脸还大，我能吃两个；要是她做菜包饭，就是用生菜叶或者白菜叶做皮，里面抹上鸡蛋酱，裹上米饭、炒土豆丝、芹菜粉条，再加一两条葱与香菜，将菜叶子做成包裹状，还没等送到嘴边呢，口水就快流出来，反正一锅饭、一桌子的菜，几乎不剩。当然这是我们一家四口的量，每次吃完，都不想动，只觉得饭气上升，必须打个盹儿。

可是妈妈越来越老，也越来越懒，对生活越来越丧失情趣，她再也不会做些复杂的菜式，也不肯烙饼，宁肯叫了外卖，或者去超市买些速冻食品，也不愿意下厨大干一场，摆出一席丰盛的菜肴来。等到我最近身体微恙，才明白妈妈不是变懒了，而是吃饭的人越来越少，而且她的身体也越来越吃不消，宁肯吃不好吃的，也没心气做了。

小时候的我总以为生活必将是琴棋书画诗酒花，人到中年，才明白生活就是柴米油盐酱醋茶。可是就这么简单的愿望也很难得到满足，哪怕有钱，你也没有什么动力去厨房里煎炒烹炸，因为儿女都已长大，自己的牙与胃越来越差，稍做丰盛点，就得吃几天的剩菜。

生活不是变得越来越好了，而是变得越来越随遇而安，简简单单，健康活着就好。

中年人的时尚

　　气温开始回升，昨晚将空调开到29℃，只开了一会儿便关了，竟也不觉得冷。

　　深圳的寒冷是不知不觉的，如果在北方，同样是10℃的天气，只穿一条单裤，配一件夹克衫，是可以接受的。怕冷的妇人最多再穿一件毛衣，加条秋裤，哪怕不开暖气，也没啥问题。可深圳的冷是湿冷，虽然也是10℃，却比北方零下20℃还要难受，一是因为没有暖气，二是空气中水分太高，有太阳还好一点，至少不用搓手跺脚地冷到了骨子里。可要是没有太阳，那种冷是慢慢浸到皮肉骨髓，从外到内透心凉，哪怕泡上半个小时的热水澡，也解不了寒。

刚来深圳时不知道，看天气预报说最低气温12℃，以为不冷。年轻女孩子最贪靓，恨不得天天穿得少一点，显得人又高又瘦，气质分都能增加不少。要是裹着厚重的大衣、膨胀的羽绒服，上哪儿找气质去，非得一米七以上的姑娘才敢穿。像我这种身高只有一米六的，最是尴尬，穿多一点，就是矮粗胖。反正我是总要比别人少穿一件的。

那天穿了牛仔裤，配上一件紧身的小西服就出了门，因为是开着摩托车上班，不到一公里的距离，竟让我开出了地老天荒的感觉，太冷了。前面二百米不觉得，开到一半时，居然冻僵了双手，这时又不能回头，只能一味往前冲。等开到了公司楼下，脸冻得乌青，整个人缩成了一团，冲到了办公室，立即冲了一杯热茶暖身，哪怕领导安排了采访任务，也不肯出门。那天求穿了羽绒服的同事代为出工，暗暗佩服她的聪慧。

终于熬到下班，实在是没有勇气下楼，求了同事的羊毛大衣，将自己裹得像个粽子似的坦然归家。第二天气温又降，虽然只降了1℃，最低气温11℃，但我很谨慎，不但穿了秋裤、厚袜子、羊绒衫，外面还穿了厚重如铠甲的羊毛大衣，反正人是胖了三圈，哪怕化了精致的妆容，气质分还是降到了五十分以下。但谁舒服谁知道，正写着文案呢，就打起瞌睡来，不知不觉竟睡着了，大衣像一条厚重温暖的棉被，紧紧将我包裹，睡梦中回到东北家乡，蜷在火炕上甜睡。

后来的冬天，是越穿越厚，被最是追求时尚的老友批评，说穿得臃肿是罪，这是时尚界的大忌，你看模特儿与服装设计师，哪有穿得像笨重的大狗熊，走一步都费劲的。但我不理，如果追求时尚就是让自己受罪，那我还是活得舒服一点吧。虽然这样说着，偶尔还是会犯傻，冻得如深秋的树叶瑟瑟发抖。

如今人到中年，终于不再计较时尚与好看，将保暖工作当成首要任务，务求不冻感冒。有时望着身边的小年轻，看她们在7℃的天气里还穿着小短裙配长靴，只会投去欣赏的目光，为她们的勇气，为她们的青春默默鼓掌。但不羡慕，因为我也有过这样的时光，并且总有一日，她们也会像我一样怕冷，穿着厚重的衣服奔波在生活的路上。

飘了几天的雨，终于有了阳光，气温瞬间上升，虽然只有16℃，多日不见的老友依旧欢喜相聚。甫一见面，个个大笑，我们都穿得厚实，不是大衣就是羽绒服，就连当年最追求时尚的也裹得严实。

中年人的时尚，就是保暖。唯有穿得暖，才有健康的身体与愉悦的心情，日子才会多姿多彩。

乡愁味道

　　已是深冬，我家楼下新开了一家粒上皇炒货店，一打开窗，空气中弥漫的都是糖炒栗子的香气。

　　糖炒栗子是每个孩子都无法抗拒的美食，我年少时最爱吃，北方的板栗个头够大，却不够甜，但足够粉。其实好吃的并不多，可当你闻到糖炒栗子的香气，总要往那个方向走去。仿佛中了魔似的，非得凑到近前多闻几下，好像占了便宜似的满心欢喜，三步一回头地舍不得走，只恨自己没有多余的钱，或者爸妈不肯买。好在我从小到大都有足够好的运气，爸爸总是豪迈地甩过来丰厚的零花钱。

　　才读小学三年级，我就有一元左右

的零花钱，而校园门口的一块糖、一把花生、一杯瓜子才卖五分钱，我是相当地富有。可这富有有什么用。

当我去新华书店买最新的字典，一转头看到闻名已久的《红楼梦》，写的就是我家穿衣镜上的宝玉、黛玉的故事——镜子是老古董，比我年纪还大，镜上画的是著名越剧演员王文娟饰演的林黛玉，在她之后，扮演林黛玉的演员一大堆，却没有一个比她美。

她的美是一种天生的柔软与甜美，一看到她的脸、她的眼睛，你就会被抓牢，你的心就起了痴迷。后来我知道这是一种态，女人的美在骨不在皮，这个骨指的就是一种态，神态姿态上的与众不同。王文娟身上，不仅有态，还有一种文化的味道，见之忘俗。那时我常常对着镜子梳头，梳着梳着就忘记了自己要做什么，望着镜面上温柔笑着的王文娟，想象着自己能不能如她一般，娴静高雅，令人一见，就起了仰慕之情。

虽然字还没认全，却也想知道《红楼梦》这本书里写了些什么。一翻价格，吓了一跳，竟然要十二元。我怎么可能有这笔巨款？忍痛放下，转头又拿了两本几角钱的小说，稍有些遗憾地归家。

回家路上，又遇到了一进冬天就在街心最繁华路口卖糖炒栗子的妇人，呆立在档口看她麻利地翻炒着栗子，不时吆喝售卖。糖炒栗子独有的香气铺天盖地，我被笼罩在白茫茫的温暖中，仿佛这暖洋洋的香可以安慰身心，抚平因没钱买书而带来的忧伤。她在那一摆十几年，当我离开家乡去南方工作，那个中年粗壮妇人已步入了老年。等到我带孩子回老家过年，发现糖炒栗子摊不见了，不知道是她不干了，还是有什么变故。

在北方，对于年纪大的人来说，最难挨的就是冬天。尤其是过年前那几天，左邻右舍总会有一个两个因脑梗被送进医院，要么中风瘫痪要么有去无回。有时觉得很可怕，那个白天还逗你说话给你一粒糖的奶奶就不见了，那个没事就坐在路边晒太阳的老爷爷也没了。唯在奶奶家门前的那三棵老榆树，从我爸出生，到我离开家乡，五十年没有移动位置，没有枯萎，没有被砍倒。仿佛那就是我在这里出生、成长的证据。因为这树还在，家就在。哪怕没有什么亲人留在家乡，那也是家。

三年前，同学打电话给我，说她近期要来深圳，问我有啥想吃想玩的，她从老家带过来。我说没有。她突然笑了，说：你小时最馋，每次经过糖炒栗子摊就走不动了，有一次你还花一毛钱买了两颗板栗，还是你与卖板栗的人商量了半天、哀求了半天的结果。你咋就那么馋，为了点吃的，什么尊严也不要，一味地纠缠，就为了能让对方接受你的一毛钱。听之忍不住大笑，我说我现在依旧馋，但我馋的，我都买得起。这话说得太自然，搞得聊天都草草了事。因为没什么东西带给我，同学在出发前特意跑到我家的老房子转了转，当然也可能是去附近办事，反正她拍了不少照片。

当我在深圳最繁华的华强北陪她逛街、疯狂采购，终于坐下来吃晚餐时，她拿出手机给我看，"你看，这就是你家！你家的院子，你家门前的小路，你家大门，还有现在住在你家老房子的新住户。"等等！等等！我家门前有三棵老榆树的，它们去了哪里？同学"哦"了一声，说城市改造，道路拓宽，所有小路上种的花草树木一律砍了，铺上了沥青，现在全是柏油马路。虽然她说得自然，而有什么东西却在我胸口窜来窜去，我想叹息，想掉泪，却到底什么也没有说，继续淡淡地喝粥，吃菜。

回家的路上，月亮高悬，凄清又明亮。我知道月亮肯定寂寞，那些它曾经爱过的人与物，除了吴刚天天砍月桂，玉兔陪伴着嫦娥，广寒宫里是死气沉沉，再也没有家的感觉。

人在天涯，而家已不在。好在楼下的糖炒栗子又好闻又好吃，这让天涯沦落人起了思念，仿佛家乡近在眼前。

智慧的女人常有好结局

孩子总是活得开开心心的，因为他们对生活要求不高，一块糖，一个玩具，便会满足。长大以后，想要这个，想要那个，想要的太多，便觉得得到的太少。

没来广东前，我总觉得家乡天气不好，冬天穿得笨重如熊，便向往着温暖的地方，最好是四季如春，最高气温30℃，最低气温20℃。但这样的地方哪里有？找遍地球，也未必有这样的神仙所在。即使有了，住上一年半载，依旧难免抱怨，觉得应该更好一些。欲望无穷，而能力有限，是生而为人最痛苦的事。

中午冷得睡不着，翻看闲书，看古代各种女人的生活，有的强悍，有的决绝，有的无知，有的智慧。

古人刘伯玉的妻子段氏蛮横又善妒，不但不允许他纳妾，但凡多看哪个女人一眼，她都要大闹一场。一天听到刘伯玉诵读《洛神赋》，听到丈夫对一个女人这样地仰慕赞美，当场气得发昏，投洛水而亡。从那以后，但凡有女人经过她投水的地方，都会莫名其妙地被打湿衣服与妆容。这个女人不但蠢，而且执。

百里奚做了秦国的丞相，有了豪华壮美的私宅，便在家中大宴宾客，奏乐舞蹈。有个洗衣服的女人自称会唱歌，她唱道："百里奚，五羊皮。忆别时，烹伏雌。春黄齑，炊扊扅。今当富贵忘我为？"

原来她是百里奚的老婆。虽然百里奚马上承认她的地位，锦衣玉食侍候着，到底意难平。老公升官发了财，却没有接她来一起享福，而是独自享乐。如果自己不知道也就算了，一味在家苦等，心里还充满了期待。偏偏自己不但知道，还要主动找上门来，并闹得天下皆知，他才肯面对现实，承认自己的存在。虽然意难平，至少这一生没有继续挨穷受苦。

而鲁国的秋胡就很悲摧了，他娶妻才五天就到外地做官，几年后返乡，在回家的路上看到一个采桑的女子，见她容颜秀丽，便去调戏。等回到家一看，原来被调戏的人就是自己的妻子。妻子数落他轻浮浅薄后，便跳河自尽，为自己没嫁对良人而没了生趣。这个女人虽然值得同情，可是死了，就什么都没了。

而被奸相严嵩打击的沈襄就很幸运，他的小妾特别聪明，当他们两个人被捕，她告诉他不逃必死。第二天沈襄便对押解的官差说先去亲戚家取对方借他的钱，回来就可以打点官差，一路上吃好喝好。官差一听有利可图，就让他去取钱，留下小妾做人质。沈襄借机逃跑。官差久等不回，知道自己受骗，恐吓小妾，让她告知沈襄的下落。结果小妾号啕顿足，说肯定是你们贪他的钱把他杀了。旁边的人一听有道理，纷纷指责官差。官差只好放了她，她并没有再找下家，而是到寺庙吃斋念佛。过了两年，奸相严嵩倒台，沈襄重新当官，立即接回小妾，开始了甜甜蜜蜜、快快乐乐的幸福生活。

我喜欢这样有勇有谋的女子，没有智慧的女人很难幸福，除了胡搅蛮缠就是撒泼蛮干，不知道自己要过什么样的生活，要朝什么方向努力。幸福一定要靠自己努力去争取，生活从来不会独宠一人，只会向那些美好又智慧的人微笑。

文艺青年创业史

朋友都知道我是一个很有梦想的人，风华正茂时就向往着成为老板，从此只为自己打工。

可直到现在，我还为了一日三餐在别人手下低眉顺眼任劳任怨，一是因为没有勇气，不敢承担创业后的风险，哪怕赔上十万元，都能要了我的命；二是因为贪心，毕竟在别人手下打工，风吹不着，日晒不到，只要按时上下班，他总不能炒了我，至少是旱涝保收，不用担心没钱过日子；三是顾及脸面，不管现在的工作如何，至少是稳定又体面的，哪怕被人介绍，也不那么丢脸，咱也是一个有身份证的人；四是没有足够的资产，如果我能达到亏个一百万也不用眨眼的富有程度，那肯定冲出去创业。

创什么业？当然是咖啡馆，不仅有咖啡，还要有书，全是我精挑细选的书。每当周末的下午，我就在这里当主持人，讲一本书，或者一部电影故事，与顾客分享，也与有同样爱好的朋友分享。一边分享，一边有香浓的咖啡与精致的点心相伴，说上半小时，细品一口咖啡，再来一个美味可观的小点心，满身心的甜。

如果不开咖啡馆，那就开一家书店，像华侨城的旧天堂书店那样，专卖一些小众书，推广原创，经常组织知名作家、网络新秀来书店开分享会，还会邀请画家、手艺人、摄影家、书法家来到现场，或教或聊，或者干脆当场挥毫，让艺术走下神坛，让更多的人爱上艺术，懂得欣赏美。尤其是孩子，要让孩子从小就埋下一颗懂美爱美的种子，有一双会发现美的眼睛，天空是美的，草地是美的，麦苗是美的，高楼是美的，河流是美的，人也是美的，要学会有一双发现美、欣赏美、懂得美的眼睛，这样的人生才不会疲惫匮乏，平平淡淡，了无生趣。

或者开一家餐馆，当然要做私房菜，才不肯披星戴月地辛苦，一天只做一餐——只做晚餐，必须提前预约，不能点菜，我有啥，你点啥；我做啥，你吃啥。除了酒水可以自带或者提前预订，菜品全由我说了算。今天的角瓜新鲜，那就来一碟清炒角瓜，里面当然要放些咸蛋黄与提鲜的瑶柱；今天的河虾特别饱满，那就来一份醉虾，端上桌时还活蹦乱跳，不用两三分钟，全部醉倒，夹到嘴里，它突然惊醒，知道这是它此生的最后挣扎，奋力地一扭，吃的人倍增兴奋，一口将虾头咬去，望着依旧鲜嫩冒着生气的透明小虾，再用手一挤，那鲜活软嫩又弹牙的一段就进了唇齿之间，清甜得像三月的微风，温柔得心都软下来。螃蟹是我最爱，尤其是三门青蟹，清蒸，一人一只，再配一杯微冰的青梅酒，恍若神仙。

当然还要有餐后甜点，杧果糯米糍是必选，入口软糯，偏偏又有着杧果独有的香浓。水果里我最爱的就是杧果与榴莲，其实也喜欢荔枝、杨梅，但不吃也不会特别想念。唯有经常想念的，才是真爱。这些年来，我经常会想到一些人与事。但失去的就是失去，做人只能往前看。

理想总是丰满，可看看身边的几个开餐厅的朋友，尤其是做私房菜的，几乎没有赚钱的。除非是自己的物业，不用另外出房租，否则全在帮房东打工。

人是不能在一棵树上吊死的，转头一想，如果担心饭店赔得太多，那就干脆开家茶馆。哪怕茶叶卖不出去，积压了满仓满库的，至少还有茶叶在。茶叶年年都在涨，如果在手上放个十年，不但自己有好茶喝，升值的茶也能出手个好价钱，只赚不赔就是它了。然而开了多年茶馆的朋友说："每个月的房租、人工、水电，全不是小数目，除非实力雄厚，有足够的资金压得起。否则还是不要碰，茶馆就是一条不归路，不亏钱容易，但想赚大钱，就不要想了。"

那怎么办？不如卖葡萄酒？葡萄酒行业的门槛较高，至少要懂一点相关的红酒知识才能开店，这个我行啊。可是朋友说："你要是人脉不广，没有几个大集团大企业跟你订酒，光靠开店零售，那得赔死你。当然，如果你有本事开网店，天天直播，做到有足够的粉丝，那也是不愁的。可天天直播销售，不是谁都有精力、体力与能力应付得来的。"

　　思来想去，文艺中年大婶茫然，不知道该从哪个行业入手创业，想来想去，还是老老实实地打这份工，至少不会饿死，下班还可以做自己的事——看书，喝茶，写字。

　　算了，文艺青年的梦想没有实现，文艺中年的梦想也只能停留在幻想里。就这样老去，平淡平凡平静，也不错。

水仙又盛开

今年的水仙开得早。我以为至少还要半个月，没想到一月中就开得蓬勃有劲，全没有冬天的样子，竟像是春天。

我喜欢水仙，尤其是看着它从一个饱满丰硕的球茎慢慢抽出枝条，一天一天地往上蹿。水仙爱水，但水量的把控很重要，不能多水，更不能少水，这个水量的平衡就是它生长速度、开花疏密的关键——是长成韭菜还是矮矮壮壮就冒出无数的小花蕾。

十几年前，我就开始养水仙。每到冬季，在花卉市场转上一圈，必找门脸最像样、水仙球最好看的，细细挑拣，美滋滋地拎上一袋子球茎归来。进家稍做清理，将饱满的水仙球一个挨一个地摆进精致的水钵里，供在茶台上，或者书桌前。每天早起换水，最初的水量极少，只是让球茎感到滋润愉悦。等到绿叶一条接一条地抽出，慢慢变得挺拔青翠，就会忍不住多加些水。一不小心，就长成了韭菜样子，花苞少之又少。

经过几年的摸索，我慢慢掌握了水量的控制度，但总不能像花店养出的花繁叶美，常撞大运似的满怀期待，也常常要叹息一回，挨到过年前几天，跑到花店捧一盘专业养育出来的水仙，花盆好看，花朵极多，多得繁星一般，让人着迷。再一看自己亲手种出来的，更像是几株抽芽的大蒜，正所谓是没有对比就没有伤害，丑小丫怎么也没法与名门闺秀比肩。

最近忙得兵荒马乱，实在没空去花卉市场采买，看到网上居然有鲜切水仙花，立即订了一大束。夜半归家，门口孤零零地蹲着一箱快递，打开一看，香气扑面而来。挤挤挨挨的一大团水仙，无须打理，已开了小半。

去了包装，一整束插进了花瓶，发了好一会儿的呆。我那么辛苦地养育，从不曾开得这般锦簇，而花费少许的金钱，成果却这般理想。颇有些沮丧地洗脸刷牙，转头再看餐桌上的水仙，好似又开了几朵，回屋倒头即睡。

第二天天还未亮，就被袭人的浓香熏醒，起床一看，餐台上满满当当的一大瓶水仙全开了，上百朵的水仙一朵挨一朵，团年会般地喜气。忙开了窗透气，水仙花太多太香，香得喘不过气来，正是少少即佳，多多未必益善。

夜半归来，水仙依旧浓烈，开了窗，望望窗外的月色，对着水仙喝了好久的茶，只觉得天地清明，自己亦是有香气的女子。

今年给自己订下的目标是早点睡，于是不到11点便上了床，翻了会儿书，慢慢睡着了。正睡得香，突然听到门外有杂响，起床一看，外面的不锈钢大门怎么打开了？走廊一片漆黑，好在里面的木门还锁着。正想打开木门把外面的不锈钢大门关上，突然脑海里冲出危机感，立即伸手抓起对讲机，叫物业上来，说我家大门被打开了，怀疑有贼。不到一分钟的工夫，走廊的灯亮了，两个物业的女子敲我家的门，说她们来了，别怕。

缓缓打开了门，一惊！走廊为啥还站着一个衣冠楚楚的中年男子，我问他是谁，为何站在我家门口？没想到他一昂头，按了电梯就进去了。然而那挑衅的眼神告诉我，他还会回来，你等着。吓得我手脚发软，可那两个物业女子只安慰了我一下，说她们会加强巡逻，便消失在楼道。我关紧了两道门，上了锁，再在里面顶了两把颇重的椅子，还是没有安全感，一点也不敢睡。突然想到也许那贼会从阳台或者洗手间爬进来，这一吓，更是走路艰难。将整个家检查了一遍，全部关门落锁，又把洗手间的门锁起来。突然又想起，锁住洗手间的门，我进不去，而从玻璃窗爬进来的人正好可以打开。又怕又恨，几乎哭出声来，到底还是跑到阳台去，吹着冬天的寒风，静等未知的到来。

站了不到两分钟，突然听到阳台下有声响，吓得我想马上呼叫保安，却因为太害怕，怎么也发不出声音来。真是吓得腿软脚软，终于在抽搐中醒来。

原来是个梦！好在是个梦。可还是害怕，悄悄起床，摸起健身棒，全屋走了一圈，知道是安全的，才放下心来，却睡意全消。歪在床边发呆，不知何时竟睡着了。等到醒来一看手表，还不到6点钟，这一夜只睡了不到四小时。

长长地叹息，自己吓自己，最吓人。

不敢在床上赖着，起床做早餐，又冲了一杯咖啡慢慢地饮，终于安定下来。一边吃着早餐，一边想着噩梦的由来，突然看到桌面的水仙，虽然开着窗，依旧比香奈尔香水还要浓烈。是了，是水仙的缘故。都说水仙的香气影响睡眠，原来我总不信，因为从来没有同时开放这么多朵、香气这么惨烈。

将水仙搬到阳台，空气转为清爽，头脑也清醒起来。水仙花的花语是自恋又清高，纯洁又高雅。我喜欢水仙，不过是因为它不用土不用肥，只需提供清水，它就可以自生自长自盛开。可世间从来没有简单便宜的事，你以为它容易养，其实它也容易伤人。慢慢踱到阳台，水仙开得欢喜，全不在意我曾因它一夜辗转，心神不宁。

水仙一开，这一年就到了尾声，想想过去的一年，得与失，成与败，突然觉得自己活得这么计较，贪恋名利，实在是无趣。但凡活着，就要不负此生，不枉此生。

水仙才不管这些，它只管自己浓丽香郁地开。

新年畅想

　　早上起床就在家人群里发誓：今年我要求自己每天运动一小时、读书一小时、写作两小时，一年出版一本书、变瘦五斤，还要身体健康，保持笑容，做一个对社会有用的人。

　　正所谓打出去的字，泼出去的水，收也收不回，只能硬着头皮要求自己努力去做到。

　　读书、写作都没关系，但运动，一提运动就要了我的命，我是一个宅女，能不出门绝不出门，恨不能一天二十四小时闷在家里，当然前提是家里有吃有喝有网络有电脑有手机。

　　去年宅在家里十四天，天天起得早睡得晚，天天在电脑手机上上班，一下子胖了三公斤。因为吃得多，又没运动。那段时间天天母女对坐，感觉每一天都宅得发慌，不知道外面的世界怎么样了，家里少了东西只能叫外卖，全部送到门口，等着送货人员走了，我们才能悄悄打开门取回。女儿欧洲旅行归来，宅家十四天，好在前后两次测试，都很顺利。终于熬到上班，竟有一种恍如隔世的眩晕，不知此身何身，此世何世。

虽然一切都按部就班地继续，但心里总觉得少了些什么，平白无故地就想掉眼泪，为这一年的折腾。好在终于成了过去式，做人是要往前看的，更要往前走。

新的一年，我要努力做到提升自我：每天读书一小时（必须是纸质书、手机阅读不算，因为网络阅读完了，什么也没留下，我完全没有任何印象与回忆，更没有感悟与联想的冲动）；每个月看一场电影，不管是有人陪还是没人陪，不管是

去电影院还是用电脑看，一定要看一部电影，其实我一直不是电影迷，哪怕电视剧，也很难吸引我；学习一门器乐，最好是吉他，吉他是我年少的梦，仿佛会弹吉他，就依旧还是少年，是一个不会长大不会变老的自己；每天运动，不管是散步、跳操或者瑜伽，每天运动一小时，保证自己不会变得大腹便便、肌肉松弛；每天吃健康营养的早餐午餐，尽量不吃油炸食品；每天洗澡泡脚，祛除寒湿；每周敷一次面膜，每月去一次美容院，全面提升皮肤品质；尽量不熬夜，每天12点前睡觉，尽量少喝酒；利用碎片化的时间背诵唐诗，最近几年，我几乎忘记了所有曾经牢记在心的诗词歌赋，那些美好的诗句好像随口可得，偏偏又记不完全，很是尴尬，太久没有用脑的缘故，整个人提前老化。

如果可以，今年要去旅行，一次长途旅行，四次短途旅行，去韶关、去长沙、去武汉，还有广州与珠海。学会做短视频，如果可以，开通抖音与短视频，不会经常发，一个月发一次，全是为了给自己留念。至于有没有粉丝，那就是去留无意，一切随缘。

提高情商，少说话，能拒绝的约会，不管是约饭约酒，尽量不去。除了与几个老友小范围地吃吃喝喝，放松心情，要学会减法，减去无关人等，避免浪费生命。要学会自己独自生活，独自旅行、独自吃饭、独自喝酒，只要经济能力许可，可以活得很舒畅自在。

但凡发微信，先过脑再发，不说负面的话，不抱怨不委屈，除了阳光与空气，这世界上的每一样都需要回报，你来我往才是相处之道。如果不愿意刻意逢迎，就不要指望别人来评论点赞。每发朋友圈时，一定要提醒自己，这是发给我自己看的，我是为了给几年后的自己看，这是我活过经历过的证据。至于有没有人点赞，要不要回复对方的评论，看心情，看交情。

新的一年，我要变美、变瘦，变得快乐自信，变得有点文化，不要让人一眼看穿。

发了誓，顿觉打了鸡血般兴奋，好像自己即将完成宏大篇章。再打开家人微信群细看，好像每一样都很容易，但真正做到，肯定很难。但我会努力！

祝福新的一年，我们都要好好的，成为更好的自己。

因为爱，所以爱

肠胃总隐隐地不舒服，不管吃什么，都没有胃口，口腔里总是干干涩涩的，像覆盖了一层厚重的隔离膜，感受不到各种食物该有的滋味，虽然体会得到酸甜苦辣咸，但深层次的香气总是似有还无，不像夏天时嗅觉与味觉似狗一般地灵敏。

到底还是去了医院做检查，我竟感染了幽门螺杆菌。每年我都会做这个检测，从来没有中招。平时也是极注意的，从不肯乱夹别人夹过的饭菜，能用公筷坚决用公筷，甚至看到别人没用公筷，就不敢再去动那人碰过的菜，哪怕是龙虾鲍鱼生猛海鲜，坚决不肯再碰。这样清醒检点，咋会感染？

　　突然想起有几次聚会，有人夹菜给我，就是用他自己用过的筷子，当时只顾着礼貌，竟埋头吃了。不能想，一想差点哭出声来，哪有平白无故的恩惠，全是需要你回报的。

　　立即预约了医生，开了四联药，饭前服用的、饭后服用的，一看注意事项，竟说必须戒酒，因酒精与药物会有化学反应，招招毙命。毕竟还爱着这生活，必须好好活着。可开了药马上就吃的，肯定不是我。我总是能拖就拖，非拖延几天，就像个斗士般，没有遵从命运的安排，有了抗争的勇气，便特别得意。

　　昨晚喝了吃药前的最后一顿酒，是自己用黑枸杞泡的高度酒，只喝了一杯，甜甜辣辣的，并不特别，却也满足得眉开眼笑。从今天开始服药，直到十五天结束。这半个月我将开始有规律有节制的生活，清淡饮食，运动养生。

　　其实我不想的，我想任性地活着，想怎么样就怎么样。上个月约爸妈吃饭，发现爸爸又胖了不少，他好不容易减到136斤，现在又涨回原来的体重，甚至还要更重。我便问他现在体重多少，他有点羞赧地笑了一下，才俏皮又小声地说了个"176斤"，马上低头不肯看我，就连继续夹菜，都有点犹豫。虽然我很想开口批评他，说些"少吃多动快点减肥，别又跑到医院去手术"的危言，可一想到餐桌上让人少吃，简直是一大罪孽，立即闭口不言。虽然气得汹涌澎湃，却连头都不敢往他的方向转，只怕一个控制不住就说出扫兴的话来。那天的氛围很好，我没说扫兴的话，爸爸也没有尽情地吃喝，但也足够饱腹。

　　昨天打电话给爸爸，他没听到，再打给妈妈，原来他们又在与人聚餐，还是在吃东北菜。一想到东北菜的分量，我就想劝阻，但人家都在吃了，而且吃得欢乐爽快，我还能说什么？只能提醒妈妈，让她监督爸爸的饮食与运动，少吃多动，可不能胡吃海喝尽情尽兴。妈妈当然是意料之中地抱怨，说根本管不了，爸爸是除了吃就是坐着，让他去运动，那就是要他的命。我爸确实如此，这一生除了玩，就是吃，其他没有一样是他爱好的。这样一想，竟有点羡慕，爸爸这一生过得还真是惬意。一时之间，竟没有勇气督促他减肥。人生不过百年，如果不能尽兴，那活一百年又有什么快乐？

马上回妈妈一句："那算了，别说了，由他去。正所谓是生死由命，富贵在天，他爱咋咋地吧。"这话一出，竟有点伤心。想着自己这么多年，刻意减少食量，不敢吃这不敢吃那，到头来却一身的不愉悦，活得有意思吗？虽然有着这样或那样的想法，但落实到生活里，却还是一样一样地遵从规矩，服从规定，因为人是社会的人，由着自己性子来，除了让自己灰头土脸，自找无数的不开心，还会让周边的人感到烦恼。

因为太爱这个世界，便希望也被这个世界爱着，于是就努力生活，希望你也能喜欢我。

热爱生活

哪怕生活糟糕透了，但我们还是会爱上它。

这一年终于走到了终点，还是一年中最冷的一天，忙完一天的工作，舍不得下班，关上门，趁这终于得来的空闲，回顾走过的路。

这一年，前所未有地忙碌，加班、加点、加油，虽然依旧是站在原地迷茫，但时间过得飞快。因为飞快，便没有留下什么痕迹，哪怕多艰辛多高兴，多吃不下睡不着，多害怕多担忧，日子一样过。终于走完了这一年，健康淡定，慢慢变成了一个我不认识的我。面对事情，不会跳脚绝望，更不会心生怯意，真正做到了从容大气，仿佛一切没有发生般，无所谓亦无所畏。

其实在乎、害怕，解决不了任何问题，除了坦然面对，让该发生的发生、该结束的结束，让一切随着时光走远就好。这道理谁都懂，但能做到的人却不多。成长是一件很不讨喜的事，因为你必定是遇到了挫折，这挫折必须足够大，你才会反思，才能有进步。可这样得来的进步与成熟，谁愿意呢？

谁不想一生做个小孩子，自由自在安然惬意，完全不在意他人的看法、指点，活好自己个儿就成。可惜没有几个人有这样的好运，都在这跌跌撞撞间被迫成长。好在种种磨难过后，我依旧身体健康，还保持着微笑走过来。能健康、能坚持自己的爱好、能有稳定的收入，就是最大的幸运。

这一年，几乎每天都去读作家吕晓涢的文字，他的文字虽然短小，却很有嚼头。写的都是生活点滴，吃了些什么、看到了什么风景、什么花什么鸟什么古玩摊子，更多的是写他热爱的绛彩瓷器。对于瓷器，他有一种痴，痴迷并钟情，每天吃得简单、穿得简单，但对热爱的瓷器却从不肯将就。见到中意的瓷器，除非贵到天价，否则哪怕是将自己拥有的几样珍品卖掉来换，也心甘情愿，心里喜滋滋的。对于有爱好的人，我总抱以尊重与敬爱，觉得这些人还保有天真，是可贵的赤子。

回过头来看看自己，这些年来爱得太多，摄影、书法、写作、烘焙、跳舞，却无一可成。虽然写了多年，依旧没有提升。哪怕这几年出版了两本散文集——《饮食男女》与《朴素光阴里》，依旧不认为自己是位作家，我书写的不是有深度有厚度的文字，而是成长的记录。我笔写我心，我做得还不错，至少这么多年，我一直葆有初心，没有被这喧嚣繁杂的世界污染。

成长是一件艰辛的事，也是一件让人欣慰的事，我终于可以不为那些无缘无故的伤害而难过；不会为了朋友邀请了一堆我认识的人却唯独没有邀请我而伤心；更不会为了他人背后的议论而反复自问；也不再会为了爱人离去而了无斗志黯然销魂。

过好当下，活好余下的人生，做自己喜欢做的事，这就是最好的回答，对岁月离去最好的回馈。

今年我的关键词是陪伴。

出于一些特殊原因，女儿一直在家，母女朝夕相对，虽然常常"嫌弃"，但心中对彼此的爱一直是深厚的。明年我们还能互相陪伴大半年，也许往后余生，这将是最长的陪伴。虽然总挑剔她这样不好那样不好，但一想到她会离开我独自远行，心里就空落落的。虽然我喜欢一个人生活、一个人喝茶、一个人看书、一个人运动、一个人旅行，但有人陪伴的时光，虽偶有厌烦，却胜在心安。因为有个伴儿，所有的衣食住行都精彩起来。

那天与朋友说起女儿不肯吃我煮的饭菜，总是叫外卖或者不吃，这让我愤怒又灰心丧气。朋友笑着说她也有一样的烦恼。但她很享受没人在家吃饭的时光，可以多出不少时间来做自己想做的事，比如看电视剧、听歌或者打游戏。

每个人有每个人的活法，不能强求千篇一律。她常羡慕我女儿的乖巧，我却羡慕她女儿的自律与强大，不到十七岁就自己申请了美国的名校，现在已经研究生毕业，还在国外找到了工作。但她也常有抱怨，觉得女儿应该更好一点。正是你有你好、我有我好，谁都是有得有失，不可能做到事事尽如人意。

朋友的父母因为近来的降温，先后重感冒，急急张罗着送去医院检查看病，看完医生才放下心来。她与我保持着一米的距离，一边汇报着彼此近来的生活，一边感叹这一年终于走到了尽头。

不想回望，这一年走得太辛苦，受了太多的委屈，流了太多的眼泪，少睡了太多的觉，恨不得重新来过，或者根本没有来过。可是转头一想，今年出版了人生的第二本书，销量还不错，更收获了不少新朋友，那这一年也是不错的。唯有时时鼓励安慰自己，日子才能有勇气走下去。

今天是今年的最后一天，此刻的你一定在与家人团聚，每到重要节点，最好的祝福与陪伴一定要留给家人，因为他们才是人生中最重要的角色、最爱你的人。每到节日，我只想与家人在一起，所以一直不明白为何会有人在元旦、春节、端午、中秋等节日期间约人吃饭，那不是打扰别人家庭团聚吗？当然，也许他们彼此视对方为亲人，必须在节日里相聚。我很羡慕这样的人，但我还是喜欢将重要的时光，与家人同庆。

前几天老朋友相聚，彼此讲起这一年的经历，均是苦乐参半，但都很庆幸走了下来，走了出来。生活确实是糟糕透了，但我们依旧热爱生活本身。因为这些都是我们一手一脚打造，成功、失败、平凡抑或精彩，都是我们自己的累积。

愿新的一年顺利平安、继续平凡！